오늘도 동그랗게 걷고 있을
당신에게 드립니다.

— 처 필 즈

작고 오래된 기억들을
한 가지씩 꺼내면 꺼낼수록

텅 빈 마음, 가득 채워준다는 거…
그래서 동그란 기억들을 잊지 못하는 거야

동그랗게 걷지만,
돌아올 수 없는 길

동그랗게 걷지만,
돌아올 수 없는 길

최필조

모루

쉬는 시간이었다. 나는 책상에 엎드려 있었다. 머리가 지끈거리고 콧물이 났다. 웅성거리는 친구들의 목소리가 봄 아지랑이처럼 나른하게 들렸다. '필조야 너 감기 걸린 것 같은데?' 선생님께서 이마를 짚어보며 말씀하셨다. '괜찮아요, 선생님.' 전혀 괜찮지 않았지만 그렇게 말씀드렸다. 3월이었다. 이제 막 만난 선생님께 약골로 보이고 싶지 않았다.

겨우 수업을 마치고 집으로 걸었다. 아침보다 따뜻한 오후의 햇빛이 좋았다. 당장 어디라도 누우면 잠이 들 것 같은 몽롱한 기분이었다. 대문에 들어서자마자 엄마를 찾았다. 그런데 엄마가 없

다. 밭에도 없다. 어디로 가셨을까? 가방도 풀지 않고 마루에 앉았다. 안마당에는 햇빛이 거의 사라지고 마루 끝에만 조금 남아 있었다. 삼각형 모양의 햇빛이었다. 나는 그곳에 웅크리고 누웠다. 그리고 스르륵 잠이 들었다.

엄마의 입술이 이마에 닿는 게 느껴졌다. 엄마는 자녀들의 체온을 알아볼 때 입술을 이마에 대고 어림하셨다. '우리 막내 감기 들었네.' 나를 번쩍 안고서 방으로 옮기셨다.

나는 감기에 걸리면 이 기억을 떠올린다. 단순히 영상으로만 기억하는 것이 아니다. 텅 빈 집이 주는 허전함, 나무 마루의 거칠고 따뜻한 느낌, 엄마의 입술이 닿는 촉감 등이 또렷이 기억난다. 그래서 감기는 싫지만 나른한 기분만은 싫지 않다. 한숨 푹 자고 나면 이마에 입술을 대고 체온을 재는 엄마를 만날 것만 같다.

나는 글을 쓰고 사진 찍는 나를 감기에 걸린 아이에 비유하곤 한다. 엄마 없는 빈 집에 누워 온기를 찾는, 그날의 나와 비슷하다는 생각을 한다. 그래서 마음이 으슬으슬 춥고 떨리면 카메라를 들고 여행을 떠난다. 그곳이 어디든 나를 위로해줄 따뜻한 쪽마루 하나쯤은 있을 거라고 믿는다.

이 책에는 나의 생각을 멈추게 하고 마음을 머물게 했던 일상의 감상들로 채워져 있다. 소박하지만 소중한 나의 보물들이다. 내가 살아가는 데 힘이 되어주는 고마운 기억들이다. 특별히 이번 작업은 기존에 익숙했던 사진이라는 형식을 내려놓았다. 나로서는 작은 도전이었다. 한동안 낮고 긴 슬럼프를 겪었다. 격려와 응원을 아끼지 않은 고마운 분들께 감사의 인사를 드린다.

최필조

넷

나를 찾아
떠난 여행들

하나

오래된 기억을 열다

비밀번호를 눌러야 꺼내볼 수 있는 이야기
몇 개쯤은 누구나 품고 산다

개집말? 기와집말?

어린 시절, 아버지는 우리 마을 이름이 기와집말이라고 했다. 이름하여 기와집이 많은 마을, 그러니까 좀 산다는 사람이 모여 사는 마을이라는 뜻일 거다. 꽤 자랑스러운 이름이라고 생각했다. 누군가 물어보면 당당하게 이야기해 주고 싶은 이름이었다. 하지만 기와집말이라는 이름은 발음이 어렵다는 이유로 사람들에게 '갸집말'로 불리다가 결국엔 '개집말'이 되었다. 마을 이름이 이렇게 되었다는 설說은 내 생각이 아니었다.

"무식한 사람들이 우리 마을을 개집말이라고 부르지만 원래 이름은 기와집말이란다."

마을 어르신들의 공통된 말씀이었다. 하지만 다른 마을 사람들의 생각은 조금 달랐다. 원래부터 개집말이었다는 것이다. 그렇게

불리는 것이 싫은 나머지 마을 사람들이 기와집말 기원설을 지어
냈다는 것이다.

중학교 시절 이 문제로 친구와 말다툼을 벌인 적이 있다. 지금
생각하면 유치하지만 어린 나에게는 자존심이 걸린 문제였다. 그
래서 당시 가장 지식인이라고 생각한 국어 선생님께 여쭈어봤다.
그런데 선생님께서는 진지한 표정으로 개집말이 먼저였을 거라고
말씀하셨다. 결정적이었다. 뭔가 돌이킬 수 없는 사건이었다. 이후
로 우리 마을은 개집말이 되었고, 나는 개가 많은 마을에 사는 최
필조가 되었다. 선생님은 왜 그러셨을까? 그냥 잘 모르겠다고 하
시면 될 것을, 우리 면面에 살지도 않으시면서 그렇게 중요한 사안
을 쉽게 말씀하시다니!

시간이 흐르고 그런 문제가 나에게는 아무것도 아닌 것쯤이 되
었을 때, 우연히 아버지에게 마을 이름 이야기를 꺼낸 적이 있다.

"아버지 원래 우리 동네 이름이 기와집말 맞아요?"

그런데 당황스럽게도 아버지는 개집말도 기와집말도 아닌 '은

행골'이었다고 들려주셨다. 수령이 삼백 년 넘은 은행나무가 있어 예부터 그렇게 불렸다나 뭐라나. 그럼 진즉에 그렇게 말씀하시지. 중학교 내내 개가 많은 동네에 살던 나는 뭐란 말인가? 그때 은행골이라는 이름을 알았더라면 얼마나 좋았을까? 아마 나는 이렇게 되받아쳤을 거다.

"야 이 무식한 놈아, 우리 동네는 은행골이야! 너네 동네 삼백 살 먹은 은행나무 있냐?"

최근에는 도로명 주소로 바뀌면서 집집마다 '행운로'라는 이름이 붙었다. 은행골이라는 옛 이름을 살려 주소를 만들었다고 한다. 그래도 여전히 내 친구들은 개집말이라고 부른다. 그런데 이제 그 이름이 싫지 않다. 그리고 사실 나도 이젠 개집말이라고 부른다. 뭐 어떤가? 개가 많았다는 건 사람이 많았다는 거고, 그만큼 살 만한 곳이었다는 뜻 아닌가? 그리고 옆 마을 도장골이나 건넛마을 다릿골보다는 훨씬 정겹지 않은가? 물론 나의 생각이지만….

개수영

물을 무서워하지 마라
'내가 물고기다'라는 생각으로 뛰어들어라

어린 시절 수영을 가르쳐주던 동네 형아는
나에게 기술보다는 물아일체를 강조했다

그 형아의 탁월한 지도 덕분에 나는 단기간에
우리 고유의 전통 영법인 견영犬泳을 익혔다
손목의 스냅이 정말 중요한 영법이다

나이가 들어 수영을 정식으로 배웠지만 소용없었다
막상 물가에 놀러 가면 언제나 개처럼 떠다녔다

폼은 좀 안 날지도 모르겠다

하지만 내가 아는 한 개수영은

웃으면서도 헤엄칠 수 있는 유일한 영법이다

향돌

우리 동네에는 향돌이라고 불리는 잔디밭이 있었다. 향돌은 향香을 피우는 돌이 있는 곳이라는 뜻으로 어느 집안의 문중 묘지였다. 관리가 잘 된 잔디 덕분에 넘어져도 다치지 않는 괜찮은 놀이터였다. 우리는 이곳에서 야구도 하고 축구도 했다. 하지만 아쉽게도 평지가 아니었다. 언덕 밑이 절반, 언덕 위가 절반이었다. 야구를 하면 홈은 언덕 아래에 있고 1루, 2루, 3루는 언덕 위에 자리했다. 공을 어지간히 멀리 치지 않고서는 1루까지 갈 수 없었다. 하지만 이 독특한 구장에서 수년을 연마해온 우리들에게는 요령이 있었다. 언덕의 경사면을 적절히 활용하면 수비를 따돌릴 수 있었다.

방학 때는 다른 마을 아이들로부터 야구 시합을 제안받기도 했다. 하지만 향돌 구장의 독특한 구조 덕분에 우리가 매번 이겼다.

상대팀은 경기 내내 1루를 밟으려고 안간힘을 쓰다가 포기하고 돌아갔다. 이건 야구가 아니라 등산이라고도 했다. 윗말 아이들은 진 것이 너무 분했는지 다음에는 자기 마을에서 시합을 하자고 했다. 그러자고 했다. 홈에서 경기를 했으면 어웨이 경기를 수락하는 게 예의다. 우리는 당당히 녀석들의 홈구장으로 갔다. 그런데 윗말 야구장은 소나무 밭이었다. 소나무로 둘러싸인 공터가 아니라 그냥 소나무 숲이었다. 여기에서 어떻게 야구를 하느냐고 말했지만, 녀석들은 들은 체도 안 했다. 야구공이 나무에 맞아 사방으로 튀었다. 1루로 달리다 나뭇가지에 부딪혀 넘어졌다. 우리는 장렬하게 경기에 패하고 돌아왔다. 일대일 무승부였다. 결승전은 하지 않기로 했다. 돌아오는 길에 우리는 하나같이 이런 말을 했다.

"역시 야구는 향돌이 최고야!"

얼마 전 오랜만에 향돌을 찾았다. 잔디는 거의 사라졌고 잡풀만 무성히 자라 있었다. 높게만 느껴졌던 언덕도 이제는 많이 낮아졌다. 언덕 너머의 숲은 여전히 울창했다. 숲으로 공을 날리면 홈런이었다. 어린 시절 홈런은 나의 로망이었다. 언젠가 힘센 형아들처럼 홈런을 치고 싶었다. 그래서 천천히 1루까지 걸어가고 싶었다.

주머니에 손을 넣고 텅 빈 향돌을 한 바퀴 걸었다. 숲은 바람에 흔들리며 나를 반겨주었다. 아직도 늦지 않았으니 멋지게 홈런을 쳐보라고 손짓하고 있었다.

개는 세 끼 다 먹으면 죽어

🌿

"엄마 왜 흰둥이는 점심 안 줘?"
"필조야, 개는 세 끼 다 먹으면 죽어."

왜 그런 말씀을 하셨는지 알 것도 같다
사람 먹고살기에도 빠듯했던 시절
기르는 짐승까지 챙겨 먹이기란 어려웠을 것이다

하지만 나는 그 말씀을 오랫동안 믿었다
그리고 아침마다 꼬리를 흔들며 배웅하는 개에게 이렇게 말하곤
했다.
"흰둥아, 아침밥 남기지 말고 다 먹어."
"그리고 너 저녁까지 배고파도 참아! 알았지?"

한 번만 속아 드릴게요

저는 옥수수의 맛을 모르겠어요
어릴 때나 지금이나 옥수수는 맛이 없어요
저뿐만 아니라 저희 집 남자들이 다 그래요
그래서 봄에 어머니가 옥수수를 심으면 다들 이렇게 말해요

"누가 먹는다고 그렇게 많이 심어?"

생각해보면 신기해요
정말 누가 다 먹고 있는지
어머니 혼자 그걸 다 드시진 못했을 텐데
아무튼 저는 안 먹어요
딱딱하고 치아에 끼고 뭔가 번거로운 음식이죠

강냉이, 찐 옥수수, 팝콘 등
옥수수가 들어간 음식들은 당최 손이 안 가요
샐러드를 먹을 때도 마지막에 옥수수알은 다 남아요

하지만 어머니는 이번 명절에도
옥수수를 한 소쿠리 쪄 놓으실 거예요
그리고 이렇게 말씀하실 거예요

"막내야, 올해 옥수수는 유별나게 맛나다야."
"얼른 먹어 봐 맛있다니까!"

큰아버지 바보

학교를 마치고 집으로 돌아오다가 논에서 일하시는 큰아버지를 만났다. 인사를 드렸더니 손짓으로 부르신다. 담배 한 보루를 사오란다. 아마 내가 초등학교 3학년 정도였던 것 같다. 담배 심부름은 처음이었다. '필조도 이제 다 컸으니까 할 수 있지?' 나는 가방도 내려놓지 못하고 다시 읍내로 걸었다. 나는 '보루'라는 말이 낯설어서 걷는 내내 입으로 연습했다. '보루, 한 보루···. 아주머니 담배 한 보루 주세요.' 그런데 주인아주머니는 선뜻 담배를 내주지 않았다. '네? 무슨 담배라뇨? 그런 말씀은 안 하셨는데요?' 큰아버지가 어떤 담배라고 말씀하셨는지 기억나지 않았다. 아주머니는 나에게 집이 어디냐고 물었다. 큰아버지 이름도 물었다. 담배를 달라는데 왜 이름을 묻는 걸까? 아주머니는 잠시 고민하다가 그냥 아무거나 가져가라고 했다. 나는 그때 처음 알았다. 담배도 과자처럼 종류가 다양하다는 것을···. 큰아버지는 뭘 좋아하시는 걸까? 진

열장을 천천히 살펴봤다. 누런 색깔의 '청자'라는 담배가 있었다. 왠지 할아버지 같은 느낌이었다. 큰아버지는 아직 할아버지가 아니다. 뭔가 산뜻한 걸로 고르고 싶었다. 도라지, 한라산, 은하수⋯. 은하수? 은하수라는 이름이 참 좋았다. 담배 이름으로 쓰기에는 아까울 정도로 예쁜 이름이었다. 나는 은하수를 달라고 했다. 그리고 다시 열심히 되돌아가 큰아버지께 드렸다.

"왜 이걸 사왔어?!"
"큰아버지 청자 피는 거 몰러?!"
"얼른 가서 바꿔와!"

나는 다시 읍내로 걸었다.
그리고 속으로 말했다.

"큰아버지 바보."
"은하수가 그림도 예쁘고 이름도 훨씬 예쁜데, 할아버지같이 청자를 좋아하시다니⋯."

네 잘못이 아니야

읍내로 가는 지름길에는 작은 소나무 숲이 있었어. 그 길에는 내가 늘 시선을 피하던 나무 한 그루가 있었지. 늙은 소나무였는데 키가 그리 크지는 않았어. 나무 근처에는 언제나 뭔가를 태운 흔적이 있었고 동물 가죽이 탄 냄새도 났지. 특별히 이름을 붙일 필요는 없었지만, 사람들은 그 나무를 '개 그슬리는 나무'라고 불렀어. 개를 식용으로 삼던 시절, 도살을 위해 그 나무를 이용했던 거야. 나는 개 그슬리는 현장을 한 번도 직접 눈으로 보진 못했어. 하지만 나무껍질이 벗겨진 흔적과 바닥에 수북이 쌓인 털, 그리고 역한 냄새를 생각하면 의심할 여지가 없는 도살의 장이었지. 죽어간 개들에 대한 죄책감 같은 건 느껴지지 않았어. 다만 그 공간이 전하는 진득한 우울함이 싫었던 것 같아.

지난 명절, 뒷산을 걷다가 우연히 그 나무를 다시 보았어. 나무는 죽어 있었는데 어린 시절처럼 피하고 싶지 않았지. 알 수 없는 측은함에 죽은 나무를 한동안 바라봤어. 그때 알게 되었어. 정말 고통스러운 건 나무였을 거야. 마지막을 견디는 그 여린 생명을 끌어안고 얼마나 울었을까? 미안했어. 나라도 만날 때마다 말해줄 것을….

"네 잘못이 아니야, 네 잘못이 아니란다."

지금은 읍내로 가는 지름길이 사라지고 없어. 꼬마가 하루에 한두 번만 다녀도 없어지지 않을 길인데, 내가 고향을 떠난 후 숲은 지독히 외로웠을 테지. 올가을에도 숲을 걸어볼 참이야. 이번에는 죽은 나무 옆에 수수한 들꽃이라도 심어줄 생각이야.

그런데 그 할머니는
왜 도망가셨어?

할머니는 할아버지의 첫 번째 부인이 아니었다. 나는 그 사실을 대학 시절 처음 알았다. 뭔가 구체적으로 이야기를 해주지 않는 어머니께 꼬치꼬치 캐물었던 기억이 난다. 더욱 놀라운 사실은 할머니 역시 재혼이었다는 것이다. 그래서 아버지께는 성이 다른 누이가 계시다. 어린 시절 그분을 본 기억도 있다. 그냥 고모인 줄로만 알았다. 딸을 데리고 시집을 와 오 남매를 더 낳아 키우셨으니 우리 할머니 정말 대단하시다.

그런데 첫 번째 부인과는 왜 헤어지신 걸까? 어머니나 아버지께서는 별다른 말씀을 안 해주신다. 다만 할머니의 시어머니가 엄청나게 무서우셨다고, 아마 밥도 안 주고 일만 시켜서 그랬을 거라고 하셨다. 정확한 이유를 아무도 모르지만, 어찌 되었든 생각하면 마음이 아프다. '밥도 안 주고'라는 대목에서 마음이 먹먹해진다. 집에서 키우는 가축도 끼니를 챙겨주는데 왜 며느리에게 밥을 안 주신 걸까? 얼마나 힘들고 어색하고 배고팠을까? 할아버지는 왜 지켜주지 못했을까? 이런 생각을 하다가도 그분 덕분에 내 할머니가 시집을 오셨고 아버지가 태어났고 나까지 태어났으니, 무의미한 생각이다. 그냥 안쓰러울 뿐….

며칠 전 유튜브에서 거대한 음식을 모조리 먹어치우는 크리에이터를 보았다. 내가 일주일 동안 먹을 양을 한 번에 다 먹는다. 더 재밌는 건 그렇게 많이 먹는 능력으로 돈을 벌어 건물을 샀다고 한다. 얼마나 흥미로운 일인가? 소화력도 경쟁력인 시대다. 나는 신기해서 이 유튜버의 다른 영상도 찾아보았다. 정말 대단했다. 어느 영상은 밭에 앉아서 밥을 비벼 먹는 모습이다. 거대한 양푼에 밥과 밭에서 바로 딴 채소를 넣어 비빈다. 먹고 또 먹는다. 밭에 있는 채소를 다 먹을 기세였다. 그런데 그 순간, 나는 할아버지의 도망간 부인 이야기가 생각났다. 왜 그랬을까? 신기한 일이었다. 집안 누구도 꺼내지 않는 이유로 오랫동안 생각하지 못한 이야기였다. 나는 또 잊어버리기 전에 글로 옮겨 놓아야겠다고 생각했다.

개가 죽을 때가 되면 어떤지 알아?

풀어 달라고 종일 울어
평생을 묶여 살던 놈이
며칠을 밥도 안 먹고 울어

그래서 풀어주면
숲으로 가서 조용히 죽어

지 죽은 거 아무한테도 안 보여주려고
한 번도 가본 적 없는
깊은 숲으로 가서 죽어

나 찾지 말고 너나 잘 살라고
그러는 거 같아

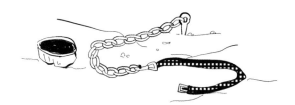

나도 기도드렸다

내 첫 자전거는 교회 앞 신작로에서 사망했다
예배를 마치고 집으로 돌아가는 길에
교회 집사님의 오토바이와 정면으로 박았다

자전거 바퀴가 8자가 될 정도로 강한 충격이었는데
다행히 나는 어디 하나 상하지 않았다

집사님은 울고 있는 나를 달래주시고는
읍내 자전거포에서 바퀴를 다시 동그랗게 펴주셨다
하지만 자전거는 그날 이후 달리지 못했다

이듬해 집사님은 주일학교 선생님으로 오셨다
예배가 끝나면 우리를 위해 정성으로 기도해 주셨다
집으로 돌아가는 길을 보살펴 달라고

나도 기도드렸다
집사님 오토바이랑 만나지 않게 해달라고

소꿉놀이

겨우내 굴러다니던 하얀 연탄재는
고슬고슬 쌀밥이 되고

깨진 항아리 조각은 곱게 갈아져
고춧가루가 되었다

쑥을 뜯어 나물을 만들고
망초 꽃을 잘라 계란 프라이를 만들고

그 아이가 엄마를 할 때는
나도 한 번쯤 아빠가 하고 싶었는데

나는 늘 삼촌이나 옆집 아저씨였다

버스에서

규호는 주머니를 뒤적거렸다
돈도 없고 토큰도 없는 모양이다

"어디 산다고? 저수지 아래 동네?"
"엄마한테 받을 테니까 걱정 말고 얼른 타!"
버스 기사가 다그쳤다

규호가 머뭇거리자
눈치 없는 한 친구가 뒤에서 이렇게 말했다

"아저씨, 규호 엄마 없어요!"

착한 근식이

근식이네 마당에서 구슬치기를 하다가
근식이네 개가 내 구슬을 먹었다

근식이는 미안하다며
자기 구슬을 하나 줬다

다음날 근식이가 집으로 찾아왔다
개가 먹었던 구슬이라고 했다
근식이 성격상 분명 그 구슬일 거다

그냥 좀 순순히 받으면 좋았을 걸
더러우니 버리라고 했다

착한 근식이

얼마나 섭섭했을까

구슬만 보면 근식이 생각이 난다

필조야, 너 소똥 냄새나

부모님은 부지런하신 분들이셨다
규모는 크지 않았지만 논농사, 밭농사에
소도 여러 마리 키우셨다

그 시절 암소 한 마리를 팔아
행랑채를 다시 지었던 것을 생각하면
소의 몸값은 정말 대단했다

송아지가 태어나는 날은 온 집안이 비상이었다
뜬눈으로 밤을 새우며 어미가 무사하기를
그리고 제발 암놈이기를 바랐다

당시만 해도 소의 힘으로 농사를 짓지 않으니

수놈은 대접 받지 못했다
얼마 지나지 않아 팔려 나갔다

송아지가 팔리고 나면
어미소는 며칠을 울었다

그렇다고 해도 특별히 위로할 방법은 없었다
쇠죽을 쑤어 먹이고
똥이나 치워주는 수밖에

어떤 친구들은 나에게서
소똥 냄새가 난다고 했다
그다지 싫지는 않았다

겨울 숲

눈이 그친 숲은 놀이터였다
아무도 밟지 않은 눈 위를 걷는 것은 묘한 설렘이 있었다
내가 가장 좋아하는 것은 길을 찾는 일이었다
산 짐승은 그들만의 길이 있었다
발자국을 보면 알 수 있다

토끼는 토끼의 길이 있었고
고라니는 고라니의 길이 있었다
눈의 도움 없이는 찾을 수 없는 그들만의 비밀 통로였다
나는 허리를 살짝 숙이면 고라니의 길을 걸을 수 있었고
몸을 웅크리면 토끼의 길도 걸을 수 있었다

우리는 숨바꼭질을 했다

녀석들이 준 힌트를 따라 미로를 풀 듯 숲을 탐험했다

나는 언제나 술래였고 녀석들은 숨었다

한 번도 이겨보지 못했지만 언제나 행복했던 나만의 숨바꼭질이

었다

이번 설에도 눈이 왔다

나는 숲을 보며 생각했다

더 눈이 오면 힌트가 다 사라질 텐데

지금처럼 살짝 멈췄을 때 찾아야 하는데

하지만 이제 아무리 몸을 웅크려도

토끼의 길은 걸을 수 없겠지

그림일기

　내 오래된 일기장에는 500원짜리 지폐 그림이 있다. 서울 산다
는 친척이 주고 간 돈이었다. 생전 처음 받아본 종이돈이 너무 좋
아서 일기장에 그림까지 그려 놓았다. 그림 밑에 써 놓은 계획이
꼼꼼하다.

동그란 딱지를 사겠단다
친구와 핫도그도 먹겠단다
연필도 사겠단다

그리고 마지막에 쓰인 한 줄….

"먼저 엄마에게 저금해야지."

혀 짧은 집사님

주일학교 선생님은 사탕을 조심하라고 해놓고서는
집에 갈 때마다 사탄을 하나씩 나눠주시니
영문을 알 수가 있나….

고추씨도 받아요?

마음이 급했다. 일주일에 한 번 오는 뻥튀기 장수는 오래 머물지 않았다. 당시 뻥튀기 장사꾼은 고물 장수도 겸했다. 돈이 없으면 빈병이나 찌그러진 양푼도 받았다. 그런데 어쩐 일인지 우리 집에는 고물이 하나도 없었다. 뒤란을 샅샅이 뒤져도 아무것도 없었다. 나는 낙심한 표정으로 아저씨께 말했다. '뒤란에 아무것도 없어요. 대바구니랑 고추씨 말고는….' 아저씨는 내가 딱했는지 고추씨라도 가져오라고 하셨다. 나는 고추씨로 뻥튀기를 먹을 수 있다는 사실에 놀랐다. 혹시 내가 잘못 들은 걸지도 모른다는 생각에 집으로 달리다 멈추고 다시 물었다.

"고추씨 맞죠? 고추씨 담은 그릇 말고요?"

요즘 고추 농사는 당연히 모종을 사서 옮겨 심지만 그때는 씨앗으로 모종을 기르기도 했다. 아마 모종 살 돈이라도 아껴보려고 그러셨을 거다. 그 귀한 고추씨를 철없는 막내아들놈이 뻥튀기랑 바꿔 먹었으니 얼마나 황당하셨을까? 하지만 내 기억에 어머니는 나를 혼내지 않았다. 왜 혼나지 않았을까? 하긴 그 뻥튀기를 엄마랑 같이 먹었다. 맛있게 드시라고 엄마 손가락에 하나씩 끼워드렸다.

척사대회

어린 시절 고향에서는 매년 설날을 앞두고 척사대회가 열렸다. 척사擲柶는 '윷을 던지다'라는 뜻으로 말 그대로 윷놀이 대회다. 내가 기억하는 대회장의 풍경은 이렇다. 담벼락에는 참여자의 이름이 적힌 종이로 가득했다. 마당에는 쌀가마니가 여기저기 깔려 있었고 한쪽에서는 술상과 음식을 준비하느라 분주했다. 특별히 대진표 같은 건 없었다. 맘에 맞는 사람들끼리 경기를 하고 진 사람은 벽에 붙은 자기 이름을 떼었다. 하얀 종이로 포장한 1등, 2등, 3등 상품이 있었다. 그 안에 뭐가 들었는지는 모른다. 내 기억에 아버지가 상품을 들고 오신 적은 없다.

당시 어르신들은 대부분 윷가락을 낮게 굴려 '모'를 만드는 기술을 썼는데, 가마니를 멀리 두고 던졌기 때문에 '낙'이 되는 일이 허다했다. 막걸리에 취하신 분들은 연거푸 낙을 하다가 결국 탈락했다. 떨어진 사람들은 술을 마시거나 농악 놀이를 했다. 농악의 여러 악기들 중 북을 치시는 분은 둘째 큰아버지였다. 큰아버지는 점잖게 구경하시다가 막걸리가 들어가면 북을 치셨다. 흥이 많은 분이었다. 당시의 농악은 원시 음악에 가까웠던 것 같다. 뭔가 맞는 구석이 하나도 없었다. 듣는 사람보다 연주하는 사람들이 더 즐거워 보였다.

바둑이나 장기처럼 윷놀이에도 훈수가 빠질 수 없었다. 말을 써라, 내라, 업어라 등등 다양한 훈수가 오갔다. 그러다가 훈수가 결정적인 역할을 해서 승부가 나면 보통 싸움이 났다. 싸움이 난다는 것은 대회가 거의 끝나가고 있다는 뜻이었다. 싸움 없이 훈훈하게 마무리되는 척사대회는 거의 본 적이 없다. 말판이 두어 번 뒤집히고, 고성이 서너 번 오가면 이장님이 개입하셨다. 그렇게 대회가 끝났다.

지난 추석에 이어 올해 설에도 부모님께 가지 못했다. 절대 오지 말라고 신신 당부를 하셨다. 코로나 바이러스 때문이다. 특별히 할 일도 없으니 올해는 아이들과 척사대회를 해야겠다. 1등 상품은 딸들이 좋아하는 치킨, 2등 상품은 아내가 좋아하는 맥주로 해야겠다. 싸우지 않고 훈훈하게 마무리할 수 있도록 절대 훈수는 두지 않을 참이다.

지름길

학교가 끝나고 같이 갈 친구가 마땅히 없는 날이면 혼자 지름길로 걸었다. 혼자만 걸을 수 있는 좁고 가느다란 길이었다. 논두렁을 빠르게 걸으면 개구리가 놀라서 논으로 뛰어들었다. 도망가지 않는 순한 개구리는 잡아서 집까지 들고 오기도 했다. 논두렁 끝에는 호두나무가 있었다. 나는 호두가 나무 열매라는 것을 처음 알고 신기해서 친구들에게 알려 주기도 했다. 가을이면 호두를 주워다 개울로 가서 돌로 문질렀다. 아직은 덜 단단해진 하얀 호두가 나왔다. 그걸 부셔서 안에 든 연한 속살을 먹었다. 떫고 부드러우며 고소한 맛이었다. 하지만 호두나무의 열매를 주울 때는 주변을 잘 살펴야 한다. 주인 할아버지가 무섭다. 절대 나무 위로 올라가거나 돌을 던져서 호두를 따면 안 된다. 바닥에 떨어진 것만 주울 수 있다.

개울 주변으로는 미나리 밭이 있었다. 누가 심어 놓은 것은 아니고 자연적으로 생긴 밭이었다. 나는 미나리 밭을 조금 무서워했다. 언젠가 엄마가 미나리가 많은 곳을 밟지 말라고 하셨기 때문이다. 미나리가 사는 곳은 습한 수렁 같은 곳이기 때문에 큰 동물들도 빠져 죽는 일이 있다고 하셨다. 그래서 미나리 밭을 보면 주변 바닥이 단단한 곳에 쪼그리고 앉아서 구경했다. 내가 미나리 밭을 구경하는 이유는 우렁이를 줍기 위해서였다. 나는 도랑이나 미나리 밭에서 우렁이를 잡아다 안마당에 키우곤 했다. 비 오는 날이면 우렁이가 바가지를 탈출해 마당에 뒹굴기도 했다. 한 번은 미나리 밭에서 정말 거대한 우렁이를 잡았는데 속이 텅 비어 있었다. 녀석도 미나리 수렁에 빠져 죽었나 보다.

개울을 지나면 집 뒤 언덕에 오를 수 있었다. 언덕에는 미루나무가 많이 심어져 있었다. 겨울이면 형과 나는 미루나무 사이에서 연을 날렸다. 형은 손재주가 있었다. 한지와 대나무와 밥풀로 근사한 가오리연을 만들었다. 나는 그걸 들고 언덕을 신나게 뛰어다녔다. 하지만 티브이에서 본 것처럼 하늘 높이 날리지는 못했다. 바람이 많이 불던 날 혼자 연을 날리다 미루나무에 걸려버렸다. 형은 또 만들어 주겠다고 했지만 나는 너무 섭섭해서 저녁 내내 울었다. 얄미운 미루나무는 겨우내 내 연을 붙잡고 놓아주지 않았다. 내게 돌

려주지도 않고 하늘에 풀어주지도 않았다. 그 후로 미루나무 숲을
지날 때면 위를 보는 버릇이 생겼다. 내 연을 아직도 붙잡고 있나
하고 찾아본다.

이제는 기억 속에만 걸을 수 있는 나의 지름길
내 지름길은 빠른 길이 아니었다.

시간만 있다면 언제든지 천천히 걷고 싶은
그런 길이었다.

사진이 글이 되었다

오래 보려고 찍은 사진보다
강렬하고 두껍게 기억하는 이야기가 글로 남는다

잔술의 추억

아침부터 장터 어르신들이 권하는 소주를 거절하지 못하고 몇
잔 얻어 마셨다. 버스를 타고 왔으니 운전 걱정은 없었다. 하지만
마냥 받아먹다가는 낮술에 제대로 취해버린다. 어물전 끄트머리
에는 장작불 주위로 한무리의 남자들이 소주를 마시는 중이었다.
처음에는 윷놀이인가 했는데, 다가가 보니 조개를 구워 먹고 있었
다. 곧 주인처럼 보이는 남자가 내게 다가왔다.

"피조개는 하나에 오백 원, 잔술은 천 원이요!"

잔술이다. 딱 한 잔만 먹고 싶을 때 푼돈으로 먹던 그 잔술, 이 얼
마나 오랜만에 만나는 정겨움인가! 술값은 선불이고 조개는 먹고
난 후 껍데기 수로 계산하는 방식이다. 술보다는 시장 사람들의 틈
에 어울려 놀고 싶었다.

'피조개 두 개에 소주 한 잔 먹겠습니다' 하고 만 원을 드렸다. 더 작은 돈이 없었다. 그런데 주인은 나의 동의도 구하지 않고 이렇게 말했다.

"들어보세요! 여기 기자 양반이 다들 한 잔씩 쏜답니다."

이럴 수가, 나는 그렇게 말한 적이 없다. 그러나 사람들은 일제히 손뼉을 쳤고 나에게 고맙다며 인사를 했다. 그 순간부터 내 호칭은 기자 양반이었다. 나중에 안 사실이지만, 여긴 처음부터 조개를 낱개로 팔지 않았다. 누가 돈을 내면 그냥 다 같이 먹는다. 나 다음에 온 사람도 오천 원을 내고 잔술과 조개를 계속 먹었다. 피조개가 떨어지면 다시 손님을 찾는다. 그리고 돈이 생기면 근처 어물전으로 가서 조개를 사온다. 돈을 내지 못하는 사람은 주변에서 나무 박스를 구해온다. 그걸로 장작을 만들어 불을 땐다.

옆 사람이 술을 받으라고 내어준 종이컵이 축축하다. 컵 테두리엔 누가 씹은 흔적도 있다.

"저 만 원이나 냈는데 종이컵은 새 걸로 주셔야죠."

종이컵을 사올 테니 돈을 달라고 하는데 역시 만 원짜리 밖에 없었다. 그냥 먹겠다고 했다. 내가 보기엔 이 남자들은 조개를 구워 먹지 않았다. 장작불에 올라가자마자 사라진다. 거의 회로 먹는다. 내가 어느 순간 먹기를 포기하자, 누군가 내 입으로 조개를 넣어주었다. 괜찮다고 해도 한사코 넣어주었다. 모래와 덜 익은 조개를 질겅질겅 씹다가 안 넘어가면 소주를 부어 삼켰다.

나는 처음에 그들이 일행이라고 생각했었다. 하지만 그렇지는 않을 것이다. 나를 대하는 친근함으로 보아 대부분 초면이었을 것이다. 그날의 소주는 기억에 남는 인생 소주 중 하나다. 모든 의심과 경계가 사라지는 마법 같은 맑은 물을 마신 날이었다. 집으로 돌아가는 터미널로 걷다가 어물전을 만났다. 아쉬운 마음에 조개 오천 원어치를 사다가 다시 모닥불로 돌아갔다. 그들이 보여준 따뜻함에 대한 작은 보답이었다. 나의 재등장으로 남자들은 일제히 환호를 질렀다. 그 맑은 웃음들이 지금도 눈에 선하다.

고속버스에 앉아 카메라에 찍힌 사진을 봤다.
나도 모르게 계속 웃음이 났다.

묵밭

애가 들어섰더라고
서방은 군대를 갔는데

먹는 것도 없이 일만 해선가
뱃속에서 그냥 죽더구먼

그래도 그걸 묻어줘야 겄는데
묘를 쓰는 것도 아니니까
그냥 산 밑에 묻었지 뭐여

아, 근데 거기가 묵밭이랴
그걸 나중에 엄니가 알고
어찌나 혼을 내시던지

죽은 밭에 묻으면
애가 안 들어슨다는 거지

그걸 밤에 가서 캐는데
무서워서 엄청 울었네

사륜구동과 검색 로봇

눈 내린 목장을 촬영하는 중이었다. 평소 외부인은 진입할 수 없어 철문으로 굳게 잠긴 길이 웬일로 활짝 열려 있었다. 망설일 틈도 없이 무언가에 이끌린 듯 언덕 위로 차를 몰았다. 그렇게 몇 분 동안 아름다운 설원을 운전했다. 하지만 나의 하얀 꿈은 곧 악몽으로 변했다.

맞은편에서 농장의 트럭이 왔다. 마음에 찔린 구석이 있던 나는 길을 양보하겠다고 옆으로 비켜섰다. 그리고 차는 길을 벗어나자마자 눈 속에 처박혔다. 내 차도 상대 트럭도 그대로 눈밭에 갇히고 말았다. 이후의 이야기는 굳이 하고 싶지 않다. 죄송하다는 말을 몇 번을 했는지 셀 수가 없다. 그날 들은 다양한 충고 중 머릿속에 정확히 입력된 한 마디는 이것이었다.

"이런 길 다니시려면, 사륜구동이어야 합니다."

그렇다. 나는 고작 이륜구동 자동차로 눈밭을 달리려 했다. 집으로 돌아와 가장 먼저 인터넷과 유튜브로 사륜구동 자동차를 검색했다. 차종, 가격, 장단점 등의 정보가 밀려들었다. 잠자리에 들어서도 온통 사륜구동 생각뿐이었다. 다음날 재미난 일이 벌어졌다. 내가 평소에 보는 인터넷 신문 광고창에 어제 검색한 차량이 떠다녔다. 스크롤을 하면 따라오기까지 했다. SNS 타임라인 광고에도 사륜구동이 나왔다. 그뿐만이 아니다. 한 번도 물건을 사본 적 없는 외국 쇼핑몰에서 메일이 왔다. 제목에는 '4WD 용품을 찾고 계신가요?'라고 씌어 있었다. 도대체 누가 내 허락도 없이 나의 관심사를 세상에 알렸을까? 나의 모든 검색어가 그들의 먹잇감이 되었다는 생각이 들었다.

우리가 누리는 편리한 세상은 검색 로봇이라는 공룡을 만들어 냈다. 놈들은 우리가 준 엄청난 양의 정보를 먹고 덩치를 키웠다. 그리고 살아남기 위해 점점 더 영리해지는 중이다. 나는 녀석의 존재를 느낄 때마다 섬뜩한 생각이 들곤 한다. 어느 우울한 SF 영화에서처럼 우리가 AI의 욕망을 채우는 먹잇감으로 전락할 것 같은 기분이 든다.

오늘 뜬금없이 '평화'라는 단어를 검색했다. 그리고 '사랑'이라는 단어도 검색어로 넣었다. 특별한 이유는 없다. 이런 검색어는 나를 위한 것이 아니다. 검색 로봇의 건강을 위한 나름의 배려다. 평소 편식이 심한 검색 로봇을 위해 다양한 먹이를 주는 것이다. 나는 언젠가 검색 로봇이 인간의 따뜻한 마음을 배웠으면 좋겠다. 그래서 내가 '사륜구동'이라고 검색하면 이렇게 말해주기를 바란다.

"오늘 고생하셨죠? 사륜이 문제가 아닙니다. 너무 위험한 길이었어요. 당신의 안전을 위해 목장의 눈길은 운전하지 않으셨으면 합니다."

가을 생무

아버지가 밭에서 무를 깎아주실 때면
꼭 이런 말씀을 하셨어

"이거 먹고 트림을 안 하면, 산삼만큼이나 좋은 거야."

그래서 나도 무를 먹고 나면 아버지처럼 트림을 꾹 참는데
웬걸 참으면 참을수록 트림이 더 나

산삼만큼 좋은 거 많이 드셨으면 뭐하나
그렇게 일찍 가셨으면서!

이름 없는 가게

시장 골목 끝에 작은 가게가 있었다. 소주, 맥주, 종이컵, 담배 등 노점 상인들이 찾는 물건을 파는 가게였다. 간판이 없어 이름도 마땅히 없었다. 나는 이곳이 가게라는 걸 알게 된 후로 몇 번 더 찾았다. 하지만 매번 아무도 없었다. 아무리 주인을 불러도 답이 없었다. 신기한 일은 주인이 없어도 물건을 사는 사람들이 들락거린다. 무인 가게인가? 의아했다. 주인을 한번 만나보고 싶었다. 그래서 어느 날은 가게 앞에 놓인 의자에 앉아서 기다렸다.

누군가 가게로 불쑥 들어갔다. 나는 냉큼 일어나 사장님이냐고 물었지만 아니라고 했다. 냉장고에서 막걸리 세 병을 꺼내 들고 돌아간다. 도둑 같지는 않고 근방의 상인 같은데, 행동이 너무나 자연스러웠다. 나는 호기심이 생겨 조금 더 구경하기로 했다. 이번에는 빨간 앞치마를 두른 아주머니가 뛰어온다. 나를 흘끔 보더니 가

게로 들어가 소주 두 병을 들고 다시 뛰어나간다. 돈을 어디에 둔
다거나 장부에 적지도 않았다. 대충 짐작이 갔다.

'이 가게를 이용하는 사람들은 오랫동안 알고 지낸 노점 상인들
일 테고, 노점엔 냉장고가 따로 없으니 필요할 때마다 와서 가져가
는 거겠지…. 아무리 그래도 이건 좀 너무 과한 신뢰 아닌가? 아닌
가? 내가 너무 의심이 많은가? 지금 내가 막걸리 몇 병을 들고 뛰
어도 모르겠는데?'

아무리 둘러봐도 CCTV는 없었다. 양손에 막걸리를 들고 주차
장까지 도망치듯 달려가는 내 모습을 상상하며 웃었다. 그러다 사
장님을 만났다. 사장님은 나에게 여기서 뭘 하느냐고 물었다. 주인
이 없어서 기다리는 중이라니까 안으로 들어오라고 했다. 나는 음
료수를 한 병 샀다. 그리고 그동안 내가 본 이 가게의 독특함에 대
하여 말씀드렸다.

"사장님 소주 두 병 가져가 놓고 나중에 한 병만 가져갔다고 하
면 어쩌시려고 그래요?"

사장님은 무슨 그런 질문이 있느냐는 듯한 얼굴로 나를 바라보더니 이렇게 대답하셨다.

"냉장고에 소주병 빠진 것만 봐도 알어, 목포집 오늘 매상이 얼만지….

"30년이야 30년! 얼굴만 봐도 알아, 이 사람아!"

사진 찍는 날

자 여기 보세요, 사진 찍겠습니다

표정이 그게 뭐예요
웃으셔야죠

'김치' 해보세요
맨날 먹는 김치라고요?

그럼 '아저씨' 해보세요
아, 이제 안 계셔요?

그럼 '내 새끼' 해보세요
그건 좋으세요?

화로는 따뜻했었지

숯 담으려고 아궁이에 꺼내 놨었거든
그걸 고물장수가 집어간 건지
아니면 누가 팔아먹은 건지

그 화로가 엄청 오래된 건데
겨울이면 시어머니가 끼고 사셨어
마지막 가시던 봄에도 숯 담을라고
일부러 참나무 때고 그랬지

그걸 잃어버리고는
눈물이 나더라고
어머니 돌아가셨을 때도 안 나던
눈물이….

고려장이 뭔가요?

물론 알고 있다. 고려장이 뭔지. 하지만 그녀의 이야기를 더 듣고 싶어 모른다고 했다. 그녀는 자기의 신세를 산속에 버려진 노인에 비유했다. 말이 좋아 요양원이지 죽을 날만 기다려야 하는 이곳에서 어떻게 행복할 수 있느냐고 했다. 섣불리 말을 꺼내기가 어려웠다. 그녀는 이런 말도 했다. 지게에 실려 가는 어머니가 집으로 돌아갈 자식을 위해 나뭇가지를 부러뜨려 길을 만들었다는 이야기를 아느냐고, 그 어머니는 차라리 행복한 사람이라고 했다. 마지막 가는 길에 자식의 등에 업혀 두런두런 옛날이야기도 했을 테고, 나뭇가지 부러뜨리며 자식의 앞날을 위해 기도했을 거라고…. 자신은 더 이상 아무 도움도 주지 못하고 짐만 되니까 빨리 죽는 것 말고는 도와줄 일이 없다고 했다. 나로서는 그녀의 깊은 허무함을 위로할 능력이 없었다. 마지막으로 드린 건강하시라는 인사조차 흔쾌히 받아주시지 않았다. 그녀와 헤어진 후 빈 의자에 대고 나는 이렇게 말했다.

"어머니 그런 말씀 마세요. 어머니가 부려뜨려 놓은 수많은 가
지를 붙잡고 자식들이 지금껏 살아온 겁니다. 수없이 길을 잃었다
가도요. 어머님이 만들어주신 그 흔적 덕분에 다시 살아갈 수 있었
던 겁니다. 그 사랑의 흔적은 사라지지 않습니다. 어머님이 어디에
계시더라도 절대 사라지지 않습니다."

아 놔둬, 덜 말라서 안 털린다니까!

몇 번을 지나쳤지만 대문은 늘 닫혀 있었다. 길에서 만난 분들께 파란 지붕집 할머니의 안부를 물었으나, 다들 못 봤다는 말뿐이었다. 나는 우울한 상상을 하기 싫어 버릇처럼 소박한 드라마를 떠올렸다. 먼 곳에 살던 아들이 은퇴해서 할머니를 모셔갔을 것이다. 손주들과 저녁마다 산책을 하고 주말이면 아들 내외와 꽃구경도 다닐 것이다. 그러니 나 같은 뜨내기 사진쟁이의 관심은 필요 없다.

그리고 몇 달이 지났다. 텃밭에 들깨가 어깨만큼 자라 있었고, 밭고랑에는 잡초가 없었다. 할머니가 계신 것이 틀림없었다. 반가운 마음으로 차에서 내려 마당을 서성였다. 안마당에 할머니가 보이면 인사드릴 생각이었다. 하지만 아무리 기다려도 나오지 않으셨다. 주무시나 싶어 그냥 집으로 돌아왔다.

그러다 며칠 후 할머니를 뵐 수 있었다. 안마당에 지금 막 자른 들깨를 널고 계셨다. 할머니께서는 지난 겨울 마루 아래에서 자던 고양이를 밟고 넘어져 죽다 살아났다고 하셨다. 지금도 걷지를 못해 마당까지만 겨우 기어 나왔다가 다시 들어가신다고, 얼마나 오랫동안 밖을 못 나가셨는지 외지인인 나에게 마을 소식을 묻는다.

"아니 어머니, 걷지도 못하신다면서 이 들깨는 어떻게 하신 거예요?" 누가 해주셨으려니 했다.
"그렇다고 깨를 그냥 버려? 그래도 팔뚝에는 힘이 있어."

직접 하셨단다. 저녁에 비가 온다고, 비가 오면 깨를 털 수가 없다고, 아기처럼 네 발로 기어 깨를 베고 널어놓으셨단다. 환하게 웃으며 말씀하시니 마음이 더 짠했다. 쓸모 있고 싶었던 나는 뭐라도 도움을 드리고 싶은 마음에 카메라를 놓고 들깨를 두들겨 팼다. 정말 열심히 두들겨 팼다.

야 이놈아 들깨야! 이 철없는 놈아! 너 왜 그랬니?
너도 혼나고 나도 혼나야겠다.
세상에 길러지는 모든 것들아! 오늘은 혼 좀 나야겠다.

차가운 방

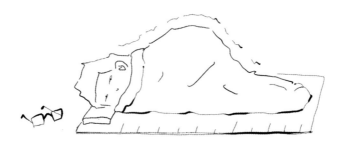

어느 해 겨울, 전라남도 무안에서 촬영을 마치고 잘 곳이 없어 산사山寺에서 하룻밤을 보낸 적이 있다. 갑작스러운 방문에도 여유롭게 환대해주시는 주지 스님께 나는 적잖은 감동을 하였다. 우리는 밤늦도록 차를 마시며 이야기를 나눴다. 그런데 막상 스님이 내어준 방은 냉골이었다. 난방이라고는 전혀 없고 이불도 여름 홑이불처럼 얇은 것뿐이었다. 객을 대하는 모습으로 보아 차이를 두실 리 만무하고, 본인도 분명 이렇게 차가운 방에서 주무실 것이다.

도저히 잠들 수 없었다. 아무리 몸을 움츠려도 잠이 오질 않았다. 나는 아침 공양까지 신세 지기 싫어 이른 새벽 도망치듯 산에서 내려왔다. 그리고 근처의 염전으로 달렸다. 그곳에서 일출을 보고 서울로 올라갈 생각이었다.

소금밭 두렁에 앉아 꾸벅꾸벅 졸았다. 정신이 몽롱하고 몸은 나른했다. 사진이고 뭐고 그냥 아무 곳에라도 몸을 누이고 싶었다. 그러다 해가 떠올랐다. 세상이 갈라지듯 두 개의 태양이 떠올랐다. 알 수 없는 벅차오름이었다.

밤이 깊고 차가울수록 빛은 찬란하다.
차가운 방을 주신 이유를 조금은 알 것도 같았다.

너무 넓어 혼자 살기에는

몇 해 전 가을
늙은 호미로 대문 잠그던
빨간 슬레이트 집

안마당에 어프러져 고른 돌이
담장을 만들고 또 메우고

'너무 넓어 혼자 살기에는'라는 말이
'너무 길어 혼자 살기에는'처럼 들리던

주인은 없어도
감은 익고 떨어지고

올겨울에도
처마 끝 소담한 고드름은
여전하겠지

카메라를 보내며

잘 쓰던 카메라를 팔았다. 서브로 쓰던 소형 카메라였다. 서브였던 녀석이 어느 순간 메인이 되더니 DSLR 카메라를 뒷방 늙은이로 만들었다. 이러다 사진을 너무 가볍게만 찍을 것 같다는 생각이 들었다. 물론 카메라 무게에 따라 사진의 무게가 결정되는 건 아니다. 그래도 치워야 한다. 요즘에는 사진 말고 글 쓰는 일에 좀 더 치중하고는 있지만, 기왕에 사진을 찍을 거라면 제대로 찍고 싶다. 그러니 소형 카메라는 어떻게든 내 손이 닿는 거리에 없어야 한다. 있으면 또 쓰게 마련이다. 중고 장터에 같은 기종의 카메라를 검색했다. 이 오래된 기종을 아직도 사고파는 사람들이 있다. 하긴 꽤 명품이라고 알려진 카메라였다. 얼른 넘기고 싶어서 시세보다 좀 싼 가격에 올렸다. 단 3초 만에 연락이 왔다. 채소 이름을 딴 이 판매 사이트는 알림 소리도 특이하게 '당근, 당근' 한다.

카메라를 들고 약속 장소에서 기다렸다. 지하철역에서 열심히 올라오는 중년의 남자가 보였다. 한 번에 그가 구매자임을 알았다. 왜냐면 카메라 가방을 메고 있었기 때문이다. 중형 가방인 것으로 보아 분명 DSLR을 사용하는 사람이다. 그때의 나처럼 서브 카메라가 필요한 사람일 것이다. 남자가 카메라의 작동 여부를 점검할 때 슬쩍 물어봤다. '혹시 서브로 쓰시게요?' 그는 '네!'라고 짧게 답하고는 계속 카메라를 점검했다. 꼼꼼한 사람이었다. 버튼을 하나하나 눌러보고 배터리가 정품인지도 살폈다. 그는 마지막으로 이런 질문을 했다. '이거 오래 쓰셨다고 했죠?, 혹시 단점이 뭔가요?' 솔직하게 말해주었다.

"저도 DSLR이 있는데요. 서브가 메인이 되는 단점이 있어 내놓았습니다."

그리고 인사하고 돌아왔다. 그는 이 말을 어떻게 해석했을까? 성능이 월등히 좋아서 DSLR을 쓸 필요가 없다고 알아들었을까? 아니면 나처럼 사진에 게을러지거나 성의가 없어진다고 알아들었을까? 알 수 없다. 그가 무거운 가방을 메고 힘겹게 계단을 올라오는 것을 감안하면 그 카메라가 그의 메인이 될 가능성이 높다. 한동인 그에게 사랑받으며 DSLR 카메라를 뒷방 늙은이로 전락시킬 것이다.

이번 거래는 너무 즉흥적이었다는 생각이 든다. 올려놓자마자 전화가 와서 놀랐다. 그래서 그랬나? 카메라 속 메모리 카드를 포맷하지 못했다. 깔끔하게 포맷하고 팔아야 했는데 그냥 주고 말았다. 게다가 메모리 카드에는 얼마 전 머리숱을 점검하려고 찍은 정수리 사진이 있었다. 그것도 구도가 잘 안 나와서 여러 장 찍은 정수리 사진, 아, 이런! 정수리라니…. 집에서 키우는 토끼 사진도 몇 장 있을 테고, 제발 확인하지 말고 포맷하면 좋을 텐데, '뭐 이런 사진이나 찍는 사람이 카메라를 두 대나 갖고 서브, 메인 타령을 했어?'라고 생각할 것만 같은 이 석연찮은 기분….

단골집

칼국수 되냐고 묻지 마세요
잔치국수 되냐고 묻지 마세요
어차피 순댓국 먹게 되어 있어요

깍두기 맛있다고 하지 마세요
김치 맛있다고 하지 마세요
검은 봉지에 김치 들고 집에 갈지도 몰라요

그리고 소주 남기지 마세요
다음에는 김빠진 소주를 마실 수도 있어요
참! 저처럼 배고프게 생긴 분들
특별히 조심하셔야 합니다
배불러서 기절할 수도 있어요

밀접접촉자

아무랑도 밀접하지 않으려고 했는데
카메라 하나 벗 삼아 호젓하게 살려고 했는데

누구냐 너는?
나랑 밀접하다는 너는!

하지만 조금 고맙기도 하다
사실은 이번 주말 내키지 않는 모임이 있었다
어떤 핑계라도 만들어 빠지고 싶었다

넷플릭스 영화도 지친다
요즘은 진지하게 유치해야 뜨는 거냐?
아니면 내가 재미없는 사람이 되어버린 거냐?

아내에게 사식이나 넣어 달라고 해야겠다

음성 나오면
충북 음성으로 사진 찍으러 가야지

썰렁한가요?
이러니 요즘 영화가 재미가 없나?

사월과 오월 사이

사월과 오월 사이의 용산 공원을 좋아한다. 꽃잎을 훌훌 털고 신록을 준비하는 숲이 싱그럽다. 투명한 연둣빛 세상이다. 벚꽃이 피는 4월 초에도 볼 만 하지만 사람들이 너무 많은 탓에 느긋하게 즐길 수 없다. 나는 되도록 벚꽃이 진 후를 즐긴다. 이런 시기가 길지는 않다. 2주 정도 더 지나면 꽃가루가 날린다. 송홧가루도 날린다. 나는 알레르기 같은 건 없다고 생각하는데, 막상 오월이 오면 눈이 따끔거린다. 그래서 되도록 피한다. 눈처럼 하얗게 날리는 버드나무 꽃가루가 사라지면 연둣빛도 사라진다.

산책할 때는 작은 카메라를 들고 다닌다. 언젠가 큰 카메라를 메고 다니다 오해를 받기도 했다. 나는 분명히 하늘거리는 수초를 찍었는데, 연못 반대편 연인이 자기들을 찍는 걸로 착각했었나 보다. 화가 잔뜩 난 남녀가 내게 다가와 무엇을 찍었느냐고 물었다. 당황스러웠다. 풀 사진 세 장을 보여줬더니 미안하다며 돌아갔다. 둘은 곧 자리를 챙겨 공원을 떠났다. 미안했다. 나의 취미가 누군가에게는 공해라는 생각이 들었다. 그 후로는 큰 카메라를 들고 산책하지 않기로 했다. 서로가 편안한 것이 좋다.

중앙의 큰 잔디밭에는 셀프 촬영을 하는 연인들이 많다. 삼각대 앞에서 풍선을 하나씩 들고 점프를 한다. 몇 번을 폴짝거리고 나면 쪼르르 카메라로 달려가 찍힌 사진을 본다. 한참을 깔깔거리며 웃다가 다시 돌아가 풍선을 들고 폴짝 뛴다. 그러다 여자가 풍선을 놓쳤다. 충분히 일어날 수 있는 일인데 여자는 너무나 크게 실망한

다. 거의 울 지경이다. 남자는 동화 속 왕자님처럼 꼭 안고 그녀를 위로한다. 그리고 둘은 언제 그랬냐는 듯 다시 깔깔거리면서 점프를 한다. 이번에는 둘이 하나의 풍선을 쥐고 있다. 그래 둘이 잡으면 된다. 둘이 잡으면 한 사람이 놓쳐도 다른 사람이 잡아주면 된다. 아무리 봐도 지루하지 않은 풍경이었다. 보고만 있어도 행복해지는 풍경이었다.

공원에서 가장 높은 곳으로 가면 운동기구들이 있다. 대게 운동기구가 있는 곳은 나이 지긋한 분들의 차지다. 쇠바퀴를 굴리는 할머니와 거꾸로 매달린 할아버지가 담소를 나누는 장소다. 그런데 요즘은 꽤 건장한 사람들이 있다. 아마 코로나 때문인 듯하다. 헬스클럽에 못 가는 아저씨들이 공원 체육시설을 이용하는 것 같다. 그래도 쇠바퀴는 꿋꿋하게 할머니들이 돌린다. 근육질 아저씨는 쇠바퀴 운동을 별로 좋아하지 않는 듯하다. 다행이다.

국립중앙박물관의 숲은 몇 년 사이 꽤 울창해졌다. 대나무 숲도 제법 빽빽하다. 그 안에는 아주 조그만 책방이 있다. 책은 몇 권 없지만, 분위기가 좋다. 바람이라도 불면 바로 영화의 한 장면이 되어준다. 언젠가 나는 어떤 여인과 둘이 앉아 책을 읽었다. 우리는 우연히 만났다. 어색해서 말은 못 나눴지만 나만큼이나 그녀도 이 숲을 사랑하는 것 같았다. 그 여인은 책을 다 읽고 언덕 위로 올라갔다. 그리고 쇠바퀴를 돌렸다. 철봉에 거꾸로 매달려 볼까 잠시 고민했지만 아직은 그러고 싶지 않았다. 나는 다시 천천히 걸어 내려와 분수가 보이는 벤치에 앉았다. 연못가에는 노란 붓꽃이 환하게 웃으며 나를 바라보고 있었다. 나는 노트북을 펴고 붓꽃에게 편지를 썼다.

⟨붓꽃에게⟩

돌탑에 올라가서 노는 고양이 사진 찍다가
경비 아저씨한테 한소리 들었어
먹이는 주지 말라고
난 먹이 준 적 없는데

폭포 위에서 노는 오리가
아무리 가까이 가도 날아가지 않는 거야
가만 보니 다리가 하나만 있더라

혹시 발을 헛디뎌 떨어지면 어쩌지? 하는 순간
날개가 있지 참!

땅을 쳐다보고 있는 동물 석상을 보고
고등학교 때 친구가 생각났어
녀석도 언제나 땅을 보고 다녔거든
내가 딱 한 번 너무 궁금해서
'혹시 뭐 잃어버린 거라도 있어?' 라고 물었는데
정색하며 화를 내더라
그래서 미안하다고 사과했어

공원 입구에 서 있는 나무 거인E人 말야
거북목 환자 같지?
스마트폰을 너무 오래 해서 그렇게 된 거 같아
불쌍해, 바로 옆에 편안한 의자가 있는데
앉지도 못하고

모르지, 공원 문이 닫히고 사람들이 사라지면
어깨 쭉 펴고 스트레칭을 하는 지도

밤새 공원을 돌아다니다
잔디밭에 누워 잠을 자는 지도

혹시 너 봤니?
내가 아카시아꽃 찍는 척하면서
두어 개 따서 입에다 넣은 거?
너 그래서 계속 빤히 쳐다보는 거지?
어떻게 꽃을 먹을 수 있느냐고!?
나 어릴 때 그거 먹고 자랐거든!

저 의심스러운 표정이라니
걱정 마라 너는 안 먹는다

어머니, 아버지의 자리

숨소리 들릴 만큼 가까운 곳에서 살 부비는 당신,

그 느낌 늘 그립고, 또 그립더라

그런데 왜 결혼했어?

아부지가 엄마랑 살겠다고
엄마 살던 담양으로 데리러 온 거야

이모한테 이름만 들었지
그때 처음 봤어

맘에 안 들더라고
얼굴은 까맣고
키도 작고

미안해서 그랬어
그 먼 길을 왔는데
어떻게 그냥 가라고 해

그래서 태어날 때 우는 걸까?

왜 유아기의 기억은 사라지는 걸까? 엄마 젖을 먹던 기억, 방바닥을 기어 다니던 기억, 엄마 등에서 자다가 오줌을 싸던 기억, 그런 기억을 갖고 있다면 얼마나 좋을까? 어머니와 대화도 훨씬 풍부해질 것이다. 가령, '엄마 내가 돌잔치 때 말이야, 엄마가 하도 돈을 잡으라고 해서 어쩔 수 없이 잡은 거야. 사실은 연필을 잡고 싶었는데'라든가 '엄마 등에 오줌 싼 거 죄송해요. 엄마가 젖을 너무 많이 먹이더라고 저도 한동안 참은 거예요' 이런 대화를 상상하는 것만으로도 웃음이 난다.

그 시절이 기억은 분명히 머릿속 어딘가에 있을 것이다. 컴퓨터의 숨겨진 폴더처럼 저장된 경로를 찾아내면 접근할 수 있을지도 모른다. 사람들은 간혹 어린 시절의 기억을 사진이나 영상을 보고 기억한다고 착각하기도 한다 하지만 내가 원하는 것은 그런 게 아니다. 내가 갖고 싶은 것은 그 시절의 느낌과 감정이다.

처음 세상에 나와서 엄마 얼굴을 보고 나는 어떤 기분이었을까? 정말 궁금하다. 와 우리 엄마 예쁘다! 그랬을까? 아니면 엄마 힘들었어? 엄마 왜 울어, 울지 마. 나도 슬프잖아, 하면서 함께 울었을까?

동네 방송

아아~

오랜만에 마이크 잡었습니다

이번 일요일에 결혼식 다덜 아시지유?

와이샤쓰랑 쓰봉이랑 미리 꺼내 놓으셔유

잔칫집에서 저녁도 대접한답니다

바쁘신 분덜은 참고하세유

그리고 필조 엄마

와서 밥 혀. 어디서 뭐 혀?

이상 마치겠습니다

어쩐지 맛있더라

나는 봤다
울 엄니 김장 속 버무리다가
훌쩍 코를 훔치는데
뚝 하고 콧물이 양념에 떨어지는 것을

금방 오실 거야

엄마!
내가 아까 실비집 앞을 지나는데
아버지 노랫소리 들리더라
젓가락 박자가 꼬이는 거 보니까
거의 다 드셨나 봐!

하얀 양말

어머니는 흰 양말을 싫어하신다. 누군가에겐 '어머니는 짜장면을 싫어하셨어'의 뉘앙스로 들릴 수도 있겠지만, 그런 게 아니다. 정말 싫어하신다. 어머니는 흰 양말을 흰 구두처럼 받아들이신다. 집에서 살림하는 사람은 신경도 안 쓰고 제 멋만 생각하는 이기적인 취향으로 여기신다. 아마도 과거 세탁기가 없던 시절의 기억 때문인지도 모르겠다. 기숙사에서 살던 학창 시절, 어쩌다 친구의 흰 양말이라도 신고 집에 가면 여지없이 꾸중을 들었다. 공부하는 학생이 무슨 멋을 부리겠다고 흰 양말을 신고 다니냐는 것이다.

흰 양말 말고도 어머니 앞에서는 못 입는 것들이 몇 가지 더 있다. 목이 파인 니트는 추워 보인다는 이유로, 일자 청바지는 다리에 피가 돌지 않을 것 같다는 이유로, 야전 상의는 솜이 없다는 이유로, 심지어 선글라스는 앞이 안 보일 것 같다는 이유로 안 된다

고 하신다. 아마 내가 한겨울에 브이넥 셔츠에 선글라스를 끼고 일
자 청바지와 야상을 입고 어머니께 가면 기절하실 지도 모른다.

　언젠가 어머니께서 노란색 패딩을 사주셨다. 그냥 노란색도 아
닌 형광에 가까운 매우 밝은 노란색이었다. 입으면 테니스공처럼
동글동글해지는 것이었다. 노란색은 어디서나 눈에 잘 띄니까 안
전하다고 말씀하시며, 날이 추워지면 꼭 입으라고 하셨다. 나는 그
걸 직장에 가져다 놓고 입었다. 포근하고 따뜻했다. 물론 동료들로
부터 늙은 병아리 같다는 놀림을 들어야 했다.

　요즘은 내 차림이 맘에 드시는 모양이다. 지적도 없고 뭘 사주지

도 않으신다. 그래도 설날 아침에는 설빔이라며 목이 긴 검은 양말 한 켤레를 내어주신다. 그럼 나는 냉큼 받아 신는다. 그리고 엄마가 주는 양말이 세상에서 제일 따뜻하다고 너스레를 떤다.

알았어유, 전화도 못 하게 해

아버지의 앙상한 어깨를 주무르고 난 후
서울로 오는 내내 마음이 무거웠다
전화라도 자주 드려야겠다고 생각했다

잠은 잘 주무셨는지
점심은 챙겨 드셨는지
한 보름, 매일 전화를 드렸더니
좋아하시기는커녕 역정을 내신다

"이놈아, 아부지 금방 안 죽는다."
"걱정 말고 니 건강이나 챙겨라!"

우리 아버지 음치여유

부모님 대신하는 품앗이는
농땡이를 피울 수 없었다

이러면 아버지를 닮았네
저러면 어머니를 닮았네

새참 막걸리에 취한 어르신이
걸쭉한 옛 노래를 불러 젖히면
논바닥은 한바탕 뽕짝 메들리로 흥겨웠다

"니네 아부지는 잘 부르던데…"
"너도 한번 불러봐라!"

뭐긴 뭐여 이눔아, 니 엄마지!

엄마?
나 오래 살라고
아명兒名은 스님한테 지었다며?

아프면 무당집에서 굿도 했었지?
기억나, 하얀 종이에 싼 부엌칼
무섭다고 막 울었던 거

나 고삼일 때는
매일매일 새벽 기도도 다니셨다며?
도대체 뭘 믿는 거야?
엄마 정체가 뭐야?

개조심!

'개조심!'이라는 경고 문구가 정겹다.

이 집에 사나운 개가 정말 있는지는 모르겠으나 나는 무엇보다 저 반듯한 글씨에 마음이 흐뭇하다.

우리 아버지도 글씨를 정성스럽게 쓰신다. 바르고 정직한 모양의 궁서체를 쓰신다. 어린 시절 서당에 다니신 덕이다. 아버지는 이런 재주로 별정우체국에 취직하셨다. 문서를 작성하고 편지를 대필하는 업무였다. 하지만 곧 타자기가 세상에 나왔고 복사기도 등장했다. 아버지가 할 수 있는 일은 우편배달뿐이었다. 그렇게 평생을 배달 일을 하시다 은퇴하셨다.

아버지는 요즘도 취미로 서예를 하신다. 봄이 오면 마을을 위해 입춘방立春榜을 쓰시고 명절이 되면 제사의 지방紙榜도 쓰신다. 손주들에게 건네는 세뱃돈 봉투에도 정성을 들이신다. 돈보다 봉투의 글귀와 글씨가 선물이다. 할아버지의 사랑이 듬뿍 담긴 귀한 작품이다.

손글씨에는 쓰는 사람의 마음이 깃들어 있다. 매번 같은 글귀를 써도 쓸 때마다 다른 맛이 울어난다. 그것은 컴퓨터로는 흉내 낼 수 없는 특별한 정서다. CTR+C, CTR+V를 아무리 반복해도 사람의 마음은 절대 만들어낼 수 없다.

귤 한 봉지

신혼 때였다
철부지 같은 막내아들이
걱정되셨는지

10분도 못 버티고 멀미를 하시는 어머니가
서울 봉천동까지 오셨다

집을 대충 둘러보고
냉장고에 가져오신 반찬을 채우시더니
식사도 안 하고 가신단다

"엄마, 하룻밤 자고 가!"

아버지 밥은 누가 챙기냐며
터미널까지만 데려다 달라고 하신다

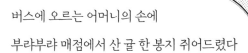

버스에 오르는 어머니의 손에
부랴부랴 매점에서 산 귤 한 봉지 쥐어드렸다

"혹시 멀미 나면 드시지 말어."

훗날 어머니께 들었다
돌아가는 그 버스에서 많이 우셨다고

고등학교 때 기숙사에 보내며 처음 떼어놓을 때도
군대에서 뒤꿈치가 썩어 병가를 나왔을 때도
눈물이 나지 않았는데
그 귤 한 봉지를 받고 버스에서 그렇게 우셨다고

이제 막내도 내 품을 떠났구나
내가 더 줄 게 없구나
버스에서 내릴 때까지
귤 하나를 다 먹지 못하고 우셨다고

큰엄마 기억나?

내가 어릴 때 그랬잖아
울엄마랑 키 재봤냐고
울엄마가 더 큰 거 같다고
울엄마가 더 크면 큰엄마 되는 거냐고

큰아부지 가시던 날
눈물 많이 나더라
혼자 앉아 계신 큰엄마가
꼭 울엄마 같아서

큰엄마 고마워요
노인정에서 울엄마 편 들어준다며?
엄마가 든든하다고

최고라고 자랑하셔

그때나 지금이나 큰엄마는 똑같어
하나도 안 늙었어
염색도 하지 말어

울엄마가 키는 조금 더 크지만
계속 큰엄마 시켜줄게
오래오래만 사셔

명절 아침

아버지는 몇 년 전에 잔디 입혀 올린 둘째 형님 계신 곳이
아직도 어색한지 한사코 마다하신다

"아버지, 큰아버님 뵙고 오겠습니다."

그래 다녀오너라
빈손으로 가지 마라
막걸리라도 들고 가거라

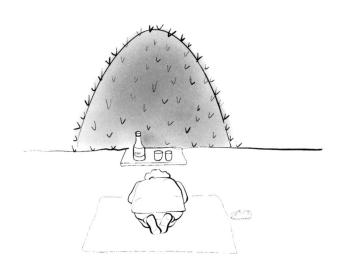

역시나 불효자

수업 중이었다. 평소 먼저 전화를 잘 안 하시는 아버지에게 전화가 온다. 순간 불길한 예감이 들어 아이들에게 양해를 구하고 복도로 나가 전화를 받았다. 어머니가 구급차에 실려 응급실로 가고 계신다고 했다. 밭에서 넘어지셨는데 날카로운 들깨 밑동이 손을 그대로 관통해 많은 피를 흘리셨다고 했다. 너무 놀라 무슨 말을 해야 할지 몰랐다. 일단 아빠가 잘 챙기고 계시라고 곧 내려가겠다고 말씀드렸다. 아이들이 가자마자 조퇴를 쓰고 병원으로 향했다.

6인실 병실 한구석에 손에 붕대를 감은 작은 할머니가 잠들어 있었다. 종일 놀라셨을 텐데 그래도 이렇게 주무시는 것을 보니 조금은 마음이 놓였다. 우리 엄마 많이 늙었구나…. 하염없이 눈물이 났다. 깨어난 어머니는 학교는 어떻게 하고 왔느냐며 또 내 걱정을 먼저 하신다. 나는 대답 대신에 어머니의 손을 꼭 잡고 아프지 않앉느냐고 글썽이며 말했다. 그날 어머니는 어린아이처럼 우셨다. 손등 위로 나온 들깨 줄기를 혼자 힘으로 빼내시며, 핏물이 수돗물처럼 흐르는 걸 보며, 이렇게 죽을 수도 있겠다는 생각이 들었다고 하셨다. 파르르 떠는 어머니의 손에서 그 순간을 고통을 조금이나마 느낄 수 있었다. 나도 어머니 앞에서 어린아이처럼 울었다.

수술이 끝나고 의사는 긍정적인 말들로 우리를 안심시켰다. 뼈에도 문제가 없고 신경에도 이상이 없다고 했다. 하지만 나이가 있으셔서 회복에 시간이 많이 필요할 것이라고 했다. 며칠 후 어머니는 심리적으로 안정을 찾으셨다. 병원 신세를 지니 누가 밥도 해주고 자식들도 자주 본다며 호강이라고 말씀하셨다. 어머니를 위로하는 마을 주민들의 전화에 농담을 섞어 가며 받으셨다. '밭에 갈 때 쓰레빠 끌고 가지 말어, 내 꼴 나!' 낙천적이고 강인한 내 어머니, 다행이고 감사했다.

퇴원하는 날 어머니랑 팔짱을 끼고 병원 근처의 식당에 갔다. 공원 근처를 지나는데 바람에 낙엽이 우수수 쏟아진다. '엄마 추워?' 어머니의 팔을 꼭 안았다. 식당에서 어머니께 생선을 발라 드리며 다친 손이 왼손이어서 그나마 다행이라고 생각했다.

"엄마, 왼손이어서 다행이다. 오른손이었으면 불편했겠다 그치?"

"막내야, 아직도 몰러? 엄마 왼손잡이여."

"정말? 근데 엄마, 식사는 오른손으로 하시잖아?"

"밥만 그려, 어릴 때 왼손으로 밥 먹다가 아버지한테 혼났지, 복나가다고."

"칼질에 호미질에 다 왼손이여!"

청국장

어머니는 겨울이면 아랫목에서 청국장을 띄웠다
아버지 방귀로 누렇게 떠버린 그 아랫목에서
그러니 청국장에서 그런 냄새가 날 수밖에

나는 도저히 맛을 모르겠는 청국장을
아버지는 삼시 세끼 드셨다
본래 자신의 냄새는 싫지 않은 법이니까

나도 이제 그 시절 아버지의 나이가 되었다
나도 내 냄새를 풀풀 풍기는 청국장 만들 때가 되었다
누가 그게 무슨 맛이냐고 잘 모르겠다고 해도
한 사발 맛있게 먹으며 웃을 수 있는 구수한 글을 써야지
뜨끈한 사진을 찍어야지

마음의 집

할 이야기가 있으니 처가로 내려오라신다. 무슨 말씀을 하고 싶어 부르실까? 아내나 손녀가 아닌 사위를 콕 집어 부르시는 건 드문 일이었다. 장인어른은 오랫동안 암 투병을 하셨다. 독한 항암 치료를 받으신 날에는 치매처럼 사람을 못 알아보기도 하셨다. 맑은 정신일 때, 막내·사위에게 남기고픈 말이 있으셨나 보다. 아버님은 날 앉혀 놓고 한동안 다른 이야기만 하셨다.

"아버님, 야구 이야기하려고 저 부르신 거예요?"

잠시 머뭇거리다가 하려던 말씀을 꺼내셨다.
"내가 자네보다 큰 사위가 더 좋다는 말, 맘에 두지 말어. 다 술 마시고 한 말이여…."
"예? 아버님 그게 언제 적 이야기예요?"

내 머릿속에선 하얗게 지워진 기억이다. 우리보다 늦게 결혼한 처형 내외를 기분 좋게 해주려고 명절 술자리에서 그런 말씀을 하셨던 모양이다. 그 말이 미안해서 내가 혹시라도 기억하고 있을까 봐, 더 늦기 전에 말씀하시려고 했던 것이다. 마음에 걸리는 작은 무엇도 다 내려놓고 싶으셨던 것이다. 아버님은 그날 항암 치료를 포기했다는 말도 해주셨다. 더는 흐리멍덩한 정신으로 남은 시간을 허비하고 싶지 않다고 하셨다.

그렇게 아버님은 몇 달 동안 마음의 짐을 모두 내려놓으셨다.
그리고 더는 내려놓을 것이 없으셨는지 돌아올 수 없는 먼 여행을 떠나셨다.

아빠, 할머니 보러 가자

아빠

나 기억나

우편배달 일 힘들 때면

취하고 들어오셔서

사범학교에 안 보내준 할머니 원망하던 거

그때 아빠가 화나서 이런 말 했어

할머니 돌아가셔도

눈물 한 방울 안 나올 거 같다고

그래 놓고서는 할머니 가신 날에

제일 많이 우셨잖아

그때가 유일해
아버지 우는 거 본 날이

아빠 고마워
힘드셨을 텐데
자식들 이만큼 살게 해주신 거

내 생각에는 이게 다
아빠가 할머니 닮아서 그런 거 같아
전쟁통에 육 남매 키워내신
우리 할머니 닮아서

보이스피싱

저녁 뉴스에서 보이스피싱에 대한 기사를 보고 시골 어머니께 전화를 드렸다. 나도 두어 차례 받아본 경험이 있어 그 심각성과 위험성에 대해 잘 설명드렸다. 나는 무엇보다도 자녀를 빌미로 노부모를 갈취하는 사기꾼들을 경멸한다. 그들도 부모가 있을 테고 어쩌면 자식도 있을 텐데, 어떻게 그 여린 마음을 이용해 돈을 빼앗을 수 있단 말인가? 살면서 절대 당하고 싶지 않은 일이다. 나는 전화 말미에 어머니께 이렇게 당부드렸다.

"어머니 혹시 누가 제 이야기를 하면서 돈을 보내라고 절대 보내지 마세요. 아셨죠?"

"혹시라도 그런 전화를 받으면 며느리나 손녀들에게 전화를 한번 해보세요. 꼭이오!"

어머니께서는 걱정 말라며 이렇게 대답해주셨다.

"걱정 말어. 엄마는 돈 안 줘, 그리고 은행 가서 돈 보내는 거 할 줄도 몰라"

"그리고 막내야, 나는 니가 지금 당장 돈을 달라고 해도 안 줄 거야, 절대 안 줘"

그렇게 말씀하시니 안심은 되지만 '절대 안 줘!'라는 말에 조금 섭섭한 이유는 뭘까? 그렇다고 어머니께 '혹시 아들인 것이 확실하면 조금은 줘도 돼요'라고 말해버리면 정말 당할지도 모르니까, 아무 말씀도 드릴 수가 없었다. 그냥 그렇게만 하시라고 했다. 어머니는 한술 더 떠서 그런 전화가 오면 바로 경찰에 신고하겠다고 하셨다. 아무튼 매우 안심이 된다. 그리고 동시에 열심히 살아야겠다는 생각도 했다. 혹시라도 부모님께 전화로 돈을 좀 보내달라고 했다가는 영락없이 경찰에 신고를 당할 테니까.

"최필조 씨! 여기 경찰서인데요. 혹시 시골의 어머니께 돈을 요구하셨나요? 신고가 들어왔습니다. 경찰서로 와서 조사받으세요!"

오늘도 어머니와 통화를 했다. 특별히 할 말은 없지만 자주 전화를 드린다. 이렇게 서로의 근황을 최신으로 업데이트하며 살아야 보이스피싱을 막을 수 있다. 아들인 척하는 도둑놈이 나와 부모님 사이에 껴들 틈을 주지 말아야 한다.

도시락

어머니가 싸준 도시락
이제 절반은 넘게 먹었습니다

고소한 콩자반에
매콤한 볶은 김치에

차갑지 말라고
밥 밑에 깔아 주신 계란 프라이는
아껴서 먹는 중입니다

이렇게 한 세월 다 먹고 나면
그때처럼 빈 도시락 덜그럭거리며
보고 싶은 어머니께 달려가겠습니다

바퀴만 잘 굴러가던데 왜 그려?

아버지는 여전히 직장에 다닌다
마을에서 몇 안 되는 월급쟁이다

주 업무는 공장 경비인데
회장님의 사택을 관리하는 업무도 한다
화단도 정리하고 쓰레기도 치우고
공장 주변의 다양한 허드렛일을 한다

아버지는 누가 시키지 않아도
당신의 일을 찾아 하는 성품으로
일터에서 몸을 가만히 두는 일이 없다

어느 날 아버지는 회장님 자동차를 세차했다

최근에 뽑은 새 차인데 휠에 검은 때가 많아서
특별히 철 수세미로 박박 닦았다

평생 차를 가져본 적이 없는 아버지는
휠을 어떻게 청소해야 하는지 모른다
외제차의 휠이 얼마나 비싼지도 모른다

다행히 회장님은 인품이 좋은 분이었고
너그럽게 아버지의 실수를 눈감아 주었다

아버지는 아직도 잘 모른다
회장님이 왜 멀쩡한 자동차의 바퀴를 다 바꾼 건지
회장님이 왜 더 이상 세차를 하지 말라고 한 건지

임영웅 씨 고맙습니다

부재중에 엄마 번호가 떠 있으면
무슨 일인가 싶어 걱정이 된다
막상 다급하게 전화를 걸면 별일이 없다

"엄마 요금제 좀 그냥 편한 거 쓰자니까."

엄마가 전화할 데가 어딨냐며
너희들이 먼저 전화하면 된다고
언제나 받기 전에 끊으셨다

그러던 어머니께서

얼마 전 무제한 요금제로 바꾸셨다

밭에서도 유튜브를 보셔야겠다며

고추 딸 때 임영웅의 노래를 들으면 힘이 안 드신다나?

아들도 못한 일을 영웅 씨가 해냈다

백신이 독하다던데?

괜찮을 거예요
살자고 만든 거잖아요
너무 걱정하지 마세요

생각 안 나세요?
내 새끼 죽지 말라고
그 어린 갓난아기도 맞혔잖아요

이제 와 생각해 보면
백신은 따로 있는 게 아니었어요
어머니 품이 백신이었어요

힘들어도 버티고
슬퍼도 버티고
외로워도 버티고

이게 다
어머니가 주신 백신 때문이어요
그 따뜻한 품 덕분이었어요

넷

나를 찾아 떠난 여행들

낯선 곳으로 떠나고 싶은 충동,
여행은 중독이다

지겹도록 아름다운 몽골

몽골로 가기 전, 상상해본 몇 가지 장면이 있었다. 그중 하나가 힘차게 달리는 말의 모습이다. 매끈하게 생긴 갈색 말이 석양을 등지고 달려간다. 갈기를 휘날리면서 말이다. 그럼 나는 그 말을 정면에서 찍는다. 그리고 그 뒤에 수많은 말들이 흙먼지를 만들며 뒤따른다. 생각만으로도 몽골스럽지 않은가! 그런데 정작 몽골의 말들은 달리지 않았다. 언제나 고개를 푹 숙인 채 뭘 먹거나 누워 있었다. 그리고 석양이 내릴 때면 다들 어딘가로 가서 보이지 않았다. 가이드에게 왜 말들이 달리지 않는지 묻지 않았다. '그러면 당신은 왜 달리지 않죠?'라고 되물을 것만 같았다. 내가 그리던 환상적인 장면은 심지어 꿈에도 나왔다. 꿈속에서 나는 조금 높은 언덕에 있었다. 그리고 엄청난 말들이 먼지구름을 만들며 뛰어갔다. 나의 망원 렌즈라면 꽤 마음에 드는 사진을 찍을 수 있을 것 같았다. 그런데 맙소사! 손에 카메라가 없다. 다급한 나머지 주머니를 뒤졌다. 스마트 폰도 없었다. 주변을 두리번거리며 발밑을 찾아봤지만 없었다. 더욱 당황스러운 건 내가 그렇게 허둥지둥 카메라를 찾는 사이에 말들이 사라지고 말았다. 먼지구름도 함께 사라지고 없었다. 그리고 꿈에서 깼다. 나는 깨자마자 카메라를 찾았다. 그때 나는 알았다. 사진에 대한 집착이 나의 여행을 방해했다. 누군가 만든 근사한 이미지를 좇느라 정작 내 여행을 즐기지 못했다. 그냥 말 달리는 장면이나 끝까지 볼 것을, 카메라를 찾느라 꿈속에서도 달리는 말의 무리를 제대로 못 봤다.

끝도 없는 평원을 지나 우리는 호수에 도착했다. 이름은 '어기'이다. 평범한 호수라고 하더니 정말 달랑 호수만 있었다. 이따금 물을 마시러 오는 말의 무리만 보일 뿐이었다. 드넓은 호수에 배한 척 없고, 물고기를 잡는 어부도 없었다. 왜 어부가 없냐는 질문에 짧고 명백한 답변이 돌아왔다. '우리는 생선을 먹지 않아요' 그렇다. 그들은 생선을 안 먹는다. 대신 단 한 끼도 안 빼고 고기를 먹는다. 어떤 고기를 먹느냐가 다를 뿐이다. 나는 특별히 양고기를 먹지 않을 이유가 없었기 때문에 여행 내내 즐겁게 먹었다. 남들은 양고기에서 냄새가 난다지만 나는 잘 모르겠다. 테렐지에서 먹은 양고기 찜(허르헉)은 꽤 근사한 맛으로 기억한다. 우리는 이 심심한 호수에서 캠핑을 하기로 했다. 캠핑이라고 해서 색다른 체험이 있는 건 아니다. 근처 식당에서 양고기를 먹고 게르(몽골식 텐트)로 와서 잔다. 게르의 백열등에는 다닥다닥 모기들이 붙어 있었다. 그런데 그 크기가 엄청나다. 나는 '혹시 모기를 닮은, 물지 않는 벌레입니까?'라고 물었다. 그러나 의외로 정말 모기라는 답이 돌아왔다. 잠을 자려고 누웠지만 잠이 오지 않았다. 불을 끄면 저 대형 모기들이 다 나에게 날아올 것만 같았다. 혹시 술을 마실 수 있는지 물었다. 몽골에서는 주로 보드카를 마신다. 가이드가 어디선가 보드카를 가져왔다. 나는 후다닥 몇 잔을 들이킨 후 금세 꿈나라로 빠졌다. 말이 달리는 꿈은 더 이상 꾸지 않았다.

나는 가이드의 친구가 운영하는 목장으로 초대받았다. 목장의 주인은 나를 환영한다는 의미로 양을 한 마리 잡았다. 그날 나는 처음으로 양의 내장을 먹었다. 갓 삶은 내장을 가이드의 친구가 직접 칼로 잘라 주었다. 도대체 어떤 내장일까? 소장, 십이지장, 대장? 생각할 겨를도 없이 입에 넣어 주었다. 다음으로는 하얀 기름 덩어리를 건넨다. 내장 지방이란다. 그건 도저히 안 되겠다고 말했다. 역시 소문대로 몽골 사람들은 손님을 극진히 대접했다. 맞춤형 대접인 건가? 나처럼 배고파 보이는 사람에게는 특별히 내장 지방

을 주기도 한다. '저 손님은 너무 삐쩍 말랐네? 겨울이 오면 얼어
죽을 수도 있겠군. 내장 지방을 먹여서 통통하게 만들어야지' 얼마
나 감사한 일인가? 실제로 몽골에서는 겨울을 대비해 일부러 지방
을 섭취한다고 들었다. 그리고 지방을 충분히 만들지 못한 가축은
겨울이 오기 전에 잡아먹는단다. 어차피 겨울을 견디지 못할 거라
면 고기가 되어야 했다. 서글픈 일이다. 나처럼 많이 먹어도 살이
안 찌는 양이 분명 있을 텐데 말이다. 몽골에서 양으로 태어나지
않은 건 천만다행이다.

최대한 일찍 출발하자고 한다. 오늘 목적지가 폭포인데 가는 길
이 만만찮다고 한다. 몽골에는 포장도로가 있기는 해도 관리가 안
되어 속도를 낼 수 없다. 여기저기 길에 구멍이 나 피하느라 곡예
운전을 해야 한다. 몽골의 땅은 대부분 모래로 이루어졌고 여름과
겨울의 온도 차가 심해 푹푹 꺼져버린다고 한다. 얼고 녹기를 반복
하면서 포장도로가 망가지는 것이다. 그런 도로라도 이용할 수 있
다면 행운이다. 우리의 목적지는 상당히 먼 거리의 비포장도로를
지나야 한다. 나는 실제로 중간에 '폭포는 보지 않아도 괜찮습니
다'라고 말할 뻔했다. 왠지 여행이 아닌 극기 체험 같다는 생각이
들었다. 꽤 무난한 초원에서 차가 멈추더니 왔던 길로 돌아가야겠

단다. 가이드의 굳은 표정은 이렇게 말하고 있었다. '몽골에서 이 정도는 아무것도 아닙니다. 그러니 불평할 생각은 하지 않는 것이 좋을 겁니다!' 나는 매우 부드럽게 이유를 물었다. 앞에 건널 수 없는 개울이 있었다. 내가 보기에는 아주 얕은 물이다. 사람도 건널 수 있을 것만 같았다. 하지만 가이드는 단호했다. 며칠 전에 비가 왔고 최근까지 차가 다닌 흔적이 없으므로 건널 수 없다고 말했다. 그렇게 돌고 돌아, 또 돌아서 폭포에 도착했다. 폭포가 참 대단하기는 했지만 여기까지 온 길을 되돌아가야 한다는 생각이 들자 머릿속이 아득해졌다. 이 폭포는 평지에서 갑자기 밑으로 꺼지는 구조라 많은 가축이 떼죽음을 당했다고 한다. 이해할 수 있었다. 그래 가축들도 험한 길을 왔겠지. 몽골에서 귀하다는 폭포를 한 번 구경하려고, 그리고 다시 돌아갈 생각을 하니 너무 아득해서 차라리 죽음을 선택했던 거야. 돌아가다 죽느니 물이라도 실컷 마시고 죽자. 뭐 그렇게 생각했겠지….

마지막 코스인 테렐지 국립공원은 매우 아름다웠다. 몽골의 초원은 정말 지겹도록(?) 봤기 때문에 더 이상 감흥이 없었다. 테렐지에는 큰 나무들로 빽빽한 울창한 숲과 풍부한 양의 물이 있었다. 높은 산도 있고 쾌적한 음식점들도 있었다. 가이드가 여행의 마지막을 여기로 정한 이유를 알 것 같았다. 넓은 강변으로 사람들이 모여 물놀이를 즐기고 있었다. 몽골 사람들은 특히 물을 좋아한다. 비도 좋아한다. 일을 시작하거나 마무리할 때 비가 오면 좋은 징조라고 여긴다. 초원에서 비를 만났을 때 가이드는 이렇게 말했다. '비가 오기 시작할 때의 냄새가 좋아요. 흙냄새와 풀냄새가 더 진하게 나요.' 그는 행복한 몽골인들의 모습으로 여행을 마무리하고 싶었던 것 같다. 때가 묻지 않은 자연 속에서 소박한 행복을 누리는 그들이 사랑스러웠다. 훈훈한 마음으로 여행을 마무리할 수 있었다.

당신이 만약 무이네Mui Ne로 떠나겠다면

🦟

몽골 여행이 끝나고 고비 사막을 꼭 가야겠다고 구체적인 계획을 세웠지만 기억조차 가물가물한 어떤 이유로 무산되었다. 나의 계획을 들은 누군가는 이런 말을 했다. '사막은 사막일 뿐입니다. 그다지 볼 게 없답니다' 나도 안다. 충분히 예상한다. 그래도 한 번은 꼭 가보고 싶다. 혹시 운이 좋다면 낮과 밤을 모두 경험하고 싶다. 건조한 모래의 바다에서 한나절 그리고 모든 빛이 사라진 적막의 바다에서 하룻밤, 그러고 나면 평생 사막 따위는 가고 싶지 않을지도 모른다.

무이네의 사구는 그런 나의 기대에 50% 정도 충족시켜 준 곳이었다. 조금 더 후하게 쳐주고 싶지만 그러기에는 사람들이 너무 바글바글하다. 뭔가 고독할 수 있는 환경이 아니다. 여기저기서 사진을 찍고 미끄럼을 타고 점프 샷을 찍는다. 아무도 밟지 않은 나만의 사막은 기대하지 않는 게 좋다. 사람만 다니면 그나마 다행이다. 굉음의 ATV(사륜 오토바이)가 다니기 시작하면 상황 종료다. 도저히 머물고 싶지 않은 곳이 되고 만다.

모래가 하얗게 반짝인디고 해서 화이트 샌듄이리고 부르는 해안 사구는 조금 더 사정이 좋다. 규모가 훨씬 크고 모래도 깨끗하다. 놀러 온 사람도 적어서 사막 같은 느낌으로 걷기에 좋다. 다만 무이네에서 화이트 샌듄까지 이동하는 방법이 마음에 들지 않았다. 투어를 이용해 가야 하는데 비용이 만만치 않다. 나는 이미 무이네를 다녀온 경험이 있던 터라 비싼 투어 대신 오토바이를 선택했다. 오토바이 한 대만 빌리면 어디든 갈 수 있는 곳이 무이네다. 그리고 나는 시골에 살았기 때문에 오토바이가 익숙하다. 비포장길에 단련된, 준비된 라이더다. 아주 좁은 길, 가령 논두렁 같은 곳도 오토바이를 타고 다녔다. 물론 베트남 사람처럼 오토바이에서 신문을 읽거나 하지는 못하지만, 아무튼 나는 오토바이라면 자신 있었다.

레드 샌듄을 지나 716번 국도로 접어들었다. 오른쪽으로 남중국해가 넘실넘실 춤을 추었다. 베트남의 바다를 왜 남중국해라고 부르는지 알 수 없다. 아마 일본이 우리의 동해를 일본해라고 부르는 것과 비슷하지 않을까? 바다는 아름다웠다. 멀리 카이트 서핑(패러글라이딩과 서핑을 합친 스포츠)을 즐기는 사람들이 돌고래처럼 펄쩍펄쩍 바다 위를 날았다. 나는 속도를 더 내 80Km 정도로 달렸다. 자동차 운전을 하는 사람이라면 80Km가 그다지 빠른 속도가 아니라고 생각할 수도 있겠지만, 오토바이는 다르다. 바람을 온몸으로 감당하면서 달리기 때문에 속도감이 두 배 이상이다. 나는 조금 겁이 날 정도로 달렸다. 경치가 좋은 곳에서는 오토바이를 세우고 사진도 찍었다. 로드 무비의 주인공이라도 된 듯했다. 저 언덕 너머에는 영화에서처럼 근사한 사건이 나를 기다리고 있을 것만 같았다.

그리고 나는 곧, 나의 바람처럼 정말 인상적인 경험을 맛보았다. 하지만 전혀 근사하지는 않았다. 교통 단속 중인 베트남 경찰에게 걸렸다. 일단 그는 경찰처럼 보이지 않았다. 군복 비슷한 옷차림에 마치 히치하이킹을 하듯 손을 흔들었기 때문에 난 무시하고 지나쳤다. 그렇게 몇 분이 지나고 멀리 화이트 샌듄이 보이기 시작할 무렵, 갑자기 내 옆으로 엄청난 속도의 오토바이가 따라붙었다. 두 명이 타고 있었는데 한 사람은 좀 전에 내가 무시하고 지나친 경찰이었다. 지금은 경찰이라고 쓰지만, 그때는 분명 군인이라고 생각했다. 군인이 왜? 나를 세우는 거지?

일단 경찰은 화가 잔뜩 나 있었다. 자신을 무시했다는 것이다. 그러면서 두 개의 종이를 보여주었다. 거기에는 여러 나라의 언어로 경고문이 적혀 있었다. 정확히 기억나지는 않지만 대충 이런 문구였다. '면허증을 소지하지 않은 모든 외국인 운전자는 베트남 법에 따라 처벌받는다.' 또 한 가지는 '경찰 지시에 따르지 않으면 체포하여 경찰서로 압송한다'는 내용이었다. 사정을 좀 봐 달라고 여러 번 부탁해도 소용없었다. 경찰은 매우 화가 나 있었다. 결국 나는 체념했다. 어떻게 해야 좋을지 물었다. 어이없게도 자기한테 돈을 내면 된단다. 그것도 200달러! 나는 혹시 베트남 돈 200만 동(한화 약 10만 원)을 말하는 거냐고 했더니 US 달러로 200달러란다. 무슨 현지 경찰이 달러로 벌금을 받는다는 건지 날강도가 따로 없었다. 돈이 없다고 했다. 지갑에 든 돈 모두 털어도 70달러가 전부라고 말했다. 참 순진하고 솔직하게 말했다. 그랬더니 냉큼 그 돈을 다 챙겨서 떠났다. 고맙게도 화이트 샌듄 입장료는 지불할 수 있도록 1달러를 남겨주었다.

우여곡절 끝에 겨우 입장한 화이트 샌듄은 전혀 낭만적이지 않았다. 주머니에 돈을 다 털려 시원한 콜라 한 병도 사 먹을 수 없었다. 허탈한 마음이 이런 것이리라. 그리고 악질 마피아 경찰들과 실랑이를 벌이느라 시간을 지체해 어둑어둑 해가 지고 있었다. 나는 사진을 몇 장 찍고 다시 오토바이를 탔다. 그런데 걱정이 되었다. '가다가 또 만나는 거 아닐까? 이놈들이 내 얼굴을 까먹고 또 돈을 달라고 하면 어쩌지?' 다행히 다시 만나지는 않았다. 하지만 해가 진 후 오토바이를 타는 것은 매우 곤란한 일이었다. 나는 안다. 시골에서 오토바이를 타봐서 안다. 밤에 오토바이를 타면 날파리와 나방을 온몸으로 받으며 타야 한다. 그렇다고 밤에 헤드라이트를 끄면 안 된다. 큰 차가 나의 존재를 모르고 받아버릴 수도 있다. 화이트 샌듄에서 무이네까지 약 절반을 왔을 때, 나는 이미 수십 마리의 날파리를 섭취했다. 도저히 안 되겠다는 생각이 들었다. 카메라 가방을 뒤졌더니 검은 비닐봉지가 나왔다. 눈 쪽으로 두 개의 구멍을 뚫고 머리에 썼다. 그리고 다시 달렸다. 만약 경찰이 이런 나의 모습을 봤다면 분명히 또 잡았을 것이다. 그리고 너무 웃기게 하고 다녀서 주변 운전자들에게 피해를 준다며 또 돈을 뜯어갔을 것이다.

나는 이제 어떤 여행지에서도 오토바이를 타지 않는다. 되도록 외국에서는 운전하지 않을 생각이다. 그리고 가짜 지갑도 하나 준비한다. 그 지갑에는 못 쓰는 카드와 푼돈도 조금 넣어둔다. 나는 당신이 만약 무이네로 떠나겠다면 이런 말을 해주고 싶다.

'화이트 샌듄에 가실 건가요? 그럼 그냥 투어를 이용하세요. 절대로 오토바이를 이용하지 마세요. 어쩔 수 없이 오토바이를 운전하게 되었다고요? 그럼 검은 비닐봉지를 하나 준비하세요. 꽤 유용하실 겁니다.'

이순신 장군을 모른다고요?

"올 때 비비고 왕교자 좀 사오세요. 진짜 먹고 싶은데 여기서는
살 수가 없어요."

그래 먹고 싶겠지, 냉동만두도 한동안 안 먹다 보면 그리워질 거
야. 씨엠립에 사는 후배의 카톡에 그러겠노라 약속했으니 어쩔 수
없었다. 냉동만두가 든 하얀 스티로폼 박스를 들고 인천공항으로
향했다. 긴 기다림 끝에 만난 항공사 직원은 호의적이지 않았다.
이런 스티로폼 수하물은 깨진다는 것이다. 뾰족한 방법이 없던 나
는 좀 봐 달라고 버텼다. 결국 테이핑을 몇 번 더 하는 걸로 합의한
후 비행기에 탑승했다.

나의 캄보디아 여행은 즉흥적이었다. 거기에 아는 누군가가 살
았고, 비행기값이 저렴했고, 운 좋게 일주일 정도 시간이 있었다.
아무 준비 없이 떠나는 여행이라 사전 지식도 없었다. 비행기에 타

자마자 준비해간 캄보디아의 책을 펼쳤다. 크메르의 나라 캄보디아! 참 대단한 나라다. 시엠립이라는 도시 이름도 태국의 침략을 물리친 기념으로 지어졌다고 한다. 과거엔 화려한 역사를 지닌 나라가 왜 지금은 동남아의 최빈국이 되었을까? 책을 읽으며 이 나라에 대한 호기심이 밀려들었다.

후배는 공항에서 기다리고 있었다. 캄보디아에서 게스트하우스를 운영 중인 후배는 나보다 왕교자 안부부터 물었다. '왕교자 때문에 공항까지 나오느라 고생이 많다'고 말하자 후배는 애교 섞인 웃음을 지어 보였다. 게스트하우스에 도착해서 앙코르 비어를 몇 캔 마셨다. 앙코르 비어의 평은 하지 않겠다. 다만 누군가 그 맥주가 참 맛있다고 말한다면, 그는 매우 행복한 사람이다. 왜냐하면 그 사람은 이 세상 모든 맥주가 다 맛있다고 말할 게 분명하기 때문이다.

저녁마다 게스트하우스에서는 세계 곳곳에서 온 방문자들이 모여 파티를 연다. 고기를 굽고 술을 마신다. 내가 갔을 땐 나 말고도 프랑스 사람과 중국계 캄보디아인, 그리고 일본인 커플이 있었다. 어쩌다 그 이야기가 나왔는지는 모르지만, 이순신 장군 이야기가 나왔다. 아마 앙코르 왕국을 만든 자야바르만 2세 이야기가 각 나라의 영웅을 호출했던 것 같다. 이순신 장군이야말로 우리나라의 영웅 아니던가! 나는 당당하고 당연하게 말했다. '한국에는 이순신이라는 영웅이 있습니다!' 그런데 문제는 이 자리에 일본인이 두 명이나 있었다는 것이다. 더군다나 그중 한 일본인은 동아시아 역사 전공자라고 했다. 파티 분위기가 평화롭고 글로벌했기 때문에 나는 아무 거리낌 없이 동아시아 역사 전공자에게 물었다. '이순신 장군을 아세요?' 그런데 의외로 모른단다. 동아시아 전공자라면서 모른다고? 나는 전공자도 아닌데 도요토미 히데요시, 가토 기요마사의 이름을 아는데? 왠지 잔뜩 호기심이 생겼지만, 더는 질문하지 않았다. 아무것도 모르는 프랑스인과 잔뜩 취해 노래를 부르는 중국계 캄보디아인이 괜히 어색해질 것 같았다. 나중에 든 생각인데 그녀는 일부러 그랬는지도 모른다. 더 묻지 않은 나도, 모른 척한 일본인도 그 정도가 적절했다고 생각한다. 설마 정말로 이순신 장군을 모르는 건 아니겠지?

양곤Yangon의 시장에서

양곤의 새벽 시장은 촬영이 까다로웠다. 해가 뜨기 전이라 빛이 거의 없었고 길은 좁았다. 사람이 많아서 걸음을 멈출 수가 없었다. 적당한 노출과 셔터스피드를 확보하기가 어려웠다. 여행 중에 여러 전통 시장을 다녀봤지만 이 시장만큼 분주한 곳은 없었다. 말 그대로 사람 반, 생선 반이었다. 생선들은 근처 강에서 잡은 민물고기로 비린내가 대단했다. 처음에는 그 분주함과 악취에 압도되어 아무것도 할 수 없었다. 사람들 틈에 끼어 이러 저리 휩쓸려 다닐 뿐이었다. 하지만 시간이 지나자 조금씩 익숙해졌다. '나'라는 개인은 거대한 시장의 일부처럼 느껴졌고 후각세포는 마비되어 아무것도 감각하지 못했다.

그런 후에야 사람들이 보이기 시작했다. 생선을 다듬는 엄마 옆에 잠든 아이가 보였다. 밤새 번 돈을 세면서 웃는 할머니가 보였다. 버려진 생선을 주워 담는 노숙자들도 보였다. 정신없이 셔터를 눌렀다. 시장의 모든 사람들이 나를 바라보는 것처럼 느껴졌다.

촬영이 끝나고 호텔에 돌아와 그대로 쓰러졌다. 몸에 있는 모든 에너지가 빠져나간 것 같았다. 예상대로 사진은 다 흔들려 있었다. 메모리카드에는 대체 뭘 찍은 건지도 모를 사진으로 가득했다. 하지만 그날 이후로 깨달은 것이 있다. 사진은 핑계였다. 내가 여행에서 원하는 것은 결코 사진이 아니었다. 내가 원하는 것은 미美와 추醜의 범주에 넣을 수 없는 어떤 것이었다. 나는 그날 살아 있음을 느꼈다. 어떤 사진보다도 선명하고 강렬한 느낌, 여행은 그걸로 충분하다.

코끼리 바지

코끼리 바지를 하나 사고 싶었다. 동남아를 여행하다 보면 많이 볼 수 있는 그 바지 말이다. 시골에서 입는 몸배 바지와 흡사한데 여행자들에게 인기가 좋다. 바지에 코끼리 문양이 자주 등장하니까 코끼리 바지로 불리는 것 같다. 숙소 근처 야시장보다 노점이 더 저렴할 것 같았다. '따프롬'을 가는 길에 툭툭을 잠시 세웠다. 이미 나는 야시장에서 흥정을 해봤기에 바지 가격을 대충은 알았다. 그런데 야시장보다 비싼, 바지 하나에 8달러란다. 이건 야시장보다 곱이나 비싼 가격이다. 알았다고 말하고 돌아선 후 근처의 화장실로 들어갔다. 화장실에서 나오자마자 바지 팔던 아주머니는 기다렸다는 듯 활짝 웃으며 4달러에 주겠다고 흥정한다. 화장실에서 볼일 좀 봤을 뿐인데 50%나 떨어졌다. 그러나 나는 이미 구매욕을 잃었다. 사고 싶지 않다는 표정으로 묵묵히 걸었다. 그렇게 툭툭에 거의 도착하자 3달러까지 떨어졌다. 순간 살까 말까, 살짝 고민이 되었다. 그러나 이미 사지 않겠다고 자존심을 부렸기 때문에 'No Thank You' 한마디 남기고 쿨하게 툭툭에 올랐다. 그리고 우린 출발했다. 그런데 얼마 못 가 기사가 툭툭을 세운다. 그리고 뒤를 본다. 나도 봤다. 아주머니는 바지를 흔들며 외쳤다. 'Two Dollar!!' 나는 조금 미안했다. 결국 다시 돌아가 바지 다섯 장을 10달러에 샀다. 맹세코 나는 단 한 번도 깎아달라고 말한 적이 없다! 그냥 화장실에 다녀왔을 뿐이다. 나는 흥정에 재능이 없다. 늘 바가지를 써도 괜찮다는 마음으로 대충 물건을 사며 여행했다. 그러나 이날만은 달랐다. 화장실에서 툭툭까지의 거리가 조금 더 멀었으면 거의 공짜로 바지를 얻었을지도 모른다. 나는 갑자기 궁금해졌다.

"이 바지의 원가는 도대체 얼마일까?"

판소단 Pansodan 항구의 추억

양곤에서 뚠띠로 가기 위해서는 배를 타야 한다. 20분 내외로 짧게 끝나는 항해다. 춘천의 남이섬에 가면 타는 배와 같은 느낌이다. 갈매기에게 새우깡 주는 문화도 비슷하다. 다만 새우깡이 아니라 새우볼이라고 해야 할 것이다. 맛은 매우 흡사하다. 배 한쪽 기둥에 기대어 갈매기를 구경하고 있는데 한 소녀가 나에게 다가왔다. 새우볼을 파는 소녀였다. 한 봉지에 천 짯(Kyat)이란다. 배값이 천 짯인데 새우볼 한 봉지에 천 짯? 너무 비싸다. 어린아이랑 흥정하기도 싫고 해서 정중히 사양했다. 하지만 소녀는 포기하지 않았다. 나에게 궁극의 필살기를 사용했다. 처량하고 애절한 눈빛으로 안 사면 금방이라도 울 것 같은 강력한 눈빛을 발사했다. 그래 천 짯이면 천 원인데 한 봉지 사주자! 그리고 이런 생각을 했다. 이 소녀가 갈매기들에게 모이를 던지고 나는 그 모습을 찍자, 그렇게 한다면 모델료로 천 짯이야 얼마든지 줄 수 있다.

나는 돈을 주며 소녀에게 직접 새우볼을 던져달라고 부탁했다. 좋다고 했다. 소녀는 나를 데리고 배의 맨 뒤로 갔다. 그리고 새우볼을 던졌다. 정말 예쁘게 던졌다. 수많은 갈매기가 소녀에게 날아들었다. 하지만 소녀는 한 봉지를 다 던지고도 성에 차지 않는 모양이었다. 그만하자고 해도 아니라고 했다. 한 봉지를 꺼내 더 던졌다. 그리고 또 던졌다. 내가 손사래를 치며 자리를 뜨려 하자 달려와 붙잡고 찍으라고 했다. 그리고 또 던졌다. 그냥 두었다가는 한 바구니의 새우볼을 모두 바다에 던질 기세였다. 나는 겨우겨우 사정을 해서 소녀를 진정시켰다. 아이는 그렇게 나의 잔돈을 다 털어갔다.

돌아오는 배에서 다시 소녀를 보았다. 어느 서양인 남자에게 필살기를 발사하고 있었다. 나는 슬며시 카메라를 가방에 넣었다.

둥그랗게 걷지만,
돌아올 수 없는 길

미얀마 시트웨sittwe는 라킨Rakhine 주의 주도다. 여기서 다시 다섯 시간 정도 거리에 므락우Mrauk-U가 있다. 처음 계획은 므락우까지 배를 타고 가는 것이었다. 시간이 좀 걸려도 가격이 저렴하고 낭만적이라는 이야기를 어디선가 들었다. 배에서 만나는 일몰이 참 좋다는 쏠쏠한 정보를 들었기에 육로보다 배를 타고 싶었다. 하지만 배편이 없었다. 므락우에 로힝야Rohingya족 소요 사태가 발생한 이후, 관광객이 줄어 배편도 줄었다고 했다. 양곤에서는 도저히 확인할 수 없는 정보였다. 결국 렌터카로 이동하는 방법뿐인데, 육로는 덜 낭만적일 뿐만 아니라 비용도 훨씬 비싸다. 운전기사가 제시하는 가격이 배삯보다 몇 배 더 비쌌다. 이미 밝힌 것처럼 나는 흥정에 소질이 없다. 대충 낮은 가격을 제시해보고 안 된다 싶으면 돈을 다 주는 스타일이다. 흥정을 잘 하는 여행 고수들이 보기에 나는 거의 호갱님이다. 그렇다고는 해도 처음 말과 나중 말이 다르면 돈을 더 주지 않는다. 몇 번 당해봤기 때문에 안다. 그런 상황을 대비해 처음 흥정한 가격을 적어둔다. 이런저런 이야기를 주고받은 후 나는 므락우로 향하는 자동차에 올랐다. 운전수는 다른 사람이었고 흥정을 한 젊은 총각은 내 옆에 앉았다.

이 총각이 할 수 있는 영어는 오로지 돈과 관련된 것뿐이었다. 나의 여러 다정한 시도에도 불구하고 우린 별다른 대화를 나누지 못한 채 다섯 시간을 멀뚱멀뚱 보냈다. 겨우 나눈 대화라고는 서로의 이름을 주고받은 것뿐이었다. 지루한 나는 스마트폰을 꺼내 구글맵을 켰다. 그리고 내가 어디쯤 와 있는지 살펴봤다. 손가락으로 화면을 축소해 서울이 나오도록 조정했다. '정말 멀리 왔구나!' 묘한 기분이 들었다. 창밖을 보며 나는 어딘가로부터 여전히 멀어지고 있음을 느꼈다. 무엇으로부터 멀어지는 걸까? 말로 표현할 수 없는 묘한 기분, 이런 게 여행이라는 생각이 들었다.

므락우는 과거 아라칸Arakan 왕국의 수도였다. 거대한 궁궐터도 있고 웅장한 사원들도 많다. 므락우의 사원들은 전시에 요새로 활용되었다는데 모양과 구조가 독특하다. 특히 투칸테인Htuk Kant Thein Temple 사원은 거대한 종鐘의 형상이다. 미얀마의 다른 지역에서 볼 수 없는 독특한 모습이다. 안에는 수없이 많은 불상이 있다. 쉐따웅-Shwetaung 사원 안에는 팔만 개, 코따웅-Kawtaung 사원에는 구만 개의 불상이 있다고 한다. 사원은 달팽이관처럼 안으로 돌아 들어가는 구조이며 그 복도 좌우로는 촘촘하게 불상이 세워져 있다. 공장에서 찍어낸 불상이 아닌지라 얼굴이 모두 다르다. 꼬따웅 의 불상 중 얼굴이 없는 것들도 많다. 최근에 복원한 불상은 얼굴만 하얗다. 차라리 얼굴이 없는 게 더 보기 좋을 것 같다고 생각했다. 하나 더 재미난 건 사원의 미로가 폐곡선이 아니라는 것이다. 즉, 동그랗게 돈다고 해서 처음 위치로 돌아올 수 없다. 그걸 모르고 사원에서 나갈 요량으로 계속 돌면 고생을 좀 해야 한다. 분명히 끝을 만나게 되고 다시 돌아와야 하기 때문이다. 일행 중 한 분이 화장실이 급하다며 먼저 나가겠다고 앞으로 달려갔지만 나중에 다시 우리와 만났다. 얼굴이 하얗게 질려서 이렇게 말했다. '젠장, 나가는 구멍이 없어!'

당시 므락우는 군부의 로힝야족 탄압으로 분위기가 뒤숭숭했다. 나는 국제 정세나 아시아 역사 등, 복잡하고 교과서 같은 이야기는 잘 모른다. 다만 이곳은 소수 민족이 다수 민족에게 탄압을 받아 온 역사가 있는 모양이다. 전반적으로 뭔가 어색한 분위기가 가득했다. 호텔 로비나 식당에도 사람이 없었고 가장 핫한 음식점이라는 해피가든에도 손님은 우리뿐이었다. 그래서였을까? 해피가든 사장님은 우리에게 특별히 친절했다. 그는 '샨족'이다. 미얀마에서 샨Shan족은 음식을 잘하기로 유명하다. 그리고 음식이 우리 입맛에 잘 맞았다. 주로 나물과 커리인데, 간이나 양념이 적절하고 매콤하다. 결정적으로 고수풀을 거의 안 쓴다. 나는 고수풀을 아예 못 먹는 건 아니지만, 계속 먹으면 지치고 만다. 그간 여러 번의 동남아 여행으로 깨닫게 된 식습관이다. 나는 여행지에서 특정한 식재료를 빼고 먹는 모습을 보여주기가 싫다. 현지인들에게 미안하다. 그래서 양을 조절하면서 먹는 편이다.

저녁 식사 자리에서 사장님이 양주를 추천했다. 우리 돈으로 육천 원 정도다. 철없던 시절, 동네 구멍가게에서 '캡틴 큐' 같은 싸구려 양주를 친구들과 나눠 마시고 기절한 기억이 떠올라 겁이 났다. 하지만 골든 로열의 맛은 부드러웠다. 양주 맛을 모르는 나도 그렇거니와 양주를 꽤 마셔본 일행도 깜짝 놀랐다. 이 가격에 이 정도의 품질이라니! 적어도 발렌타인 17년산 정도의 품질이라고 했다. 실제로 미얀마의 골든 로열은 우리의 소주 같은 국민 술인데 품질이 좋아 관광객이 한 병씩 기념으로 산다고 한다. 그래도 양주는 왠지 무섭다. 주는 대로 마셨다가는 분명 코따웅의 미로 같은 사원 속에서 영원히 헤맬 것이다.

다음 날 아침, 신므라와르 파고다에 올랐다. 일출을 보기에 적당한 곳으로 추천받은 곳이다. 하지만 안개가 자욱해 일출을 보기는 어려울 것 같았다. 므락우에는 안개가 많다. 강을 끼고 있는 데다 작은 저수지도 많다. 게다가 연료로 장작을 쓰니까 민가에서는 아침마다 연기를 만들어낸다. 사방에서 닭이 울기 시작하더니 하늘이 붉게 물들어갔다. 짙은 안개 속에서 보름달처럼 순하고 영롱한 태양이 보였다. 순박한 므락우의 사람들처럼 소박하고 정겨운 일출이었다. 그렇게 나는 파고다에 기대어 아라칸의 땅, 므락우의 첫 아침을 맞았다.

무서운 꿈

길을 잃었다. 정신을 바짝 차리고 있었는데도 잘못 내리고 말았다. 여기가 어딜까? 해는 지고 있었고 주변에 말이 통하는 사람은 없었다. 영어로 된 간판조차 보이지 않았다. 당황스러웠다. 너무 당황했더니 배가 고팠다. 낙담한 나는 근처의 노점에서 쌀국수를 먹었다. 한 그릇을 다 먹고도 배가 안 차서 한 그릇을 더 시켰다. 생각이 많아서 맛이 어떤지도 모르고 먹었다. 돈을 내고 나서는데 사장님이 어디로 가냐고 묻는다. 그것도 영어로 말이다. 이렇게 반가울 수가! 그날의 첫 대화였다. 나는 구구절절 사정 이야기를 했다. 사장님은 오늘 버스가 없으니 내일 가라고 했다. 그리고 이 마을은 호텔이 없다며 자기 집에서 자고 가라고 했다. 죄송했지만 달리 방법이 없어 그러겠다고 말했다. 사장님이 정리하는 동안 가게에서 먹을 것을 샀다. 도저히 빈손으로는 갈 수 없었다.

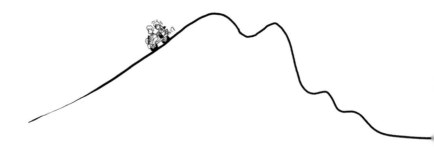

사장님의 집은 근처가 아니었다. 상당히 먼 거리였다. 오토바이로 한 시간 정도 거리였다. 포장도로도 있었지만 대부분 비포장도로였고 몇 번의 가파른 언덕도 있었다. 나는 배낭과 카메라 가방을 등에 맨 상태로 양손에 가득한 비닐봉지 두 개를 들고 있어서 매우 아슬아슬했다. 거의 외줄 타기 같은 균형감각으로 버텼다(외줄 타기는 한 번도 안 해봤지만...). 엉덩에 양쪽 근육의 밸런스를 조절하며 살아남기 위해 애썼다. 마지막 언덕 구간에서는 비닐봉지를 다 버리고 아저씨 허리를 감싸 안고 싶었다. 하지만 그러지 않았다. 배와 다리에 힘을 주고 버텼다. 그리고 해냈다. 드디어 도착했다.

그날 밤 꿈을 꾸었다. 오토바이에서 떨어져 산 밑으로 구르는 꿈이었다. 하지만 사장님은 돌아보지 않고 가버렸다. 여행이 끝나고 이 순간을 회상하며 나는 블로그에 이런 글을 포스팅했다.

여행은 내 삶을 흔든다
손에 든 것을 다 내려놓고 싶을 정도로

때론 다짐을 한다
다시는 이런 고된 길을 가지 않겠다고

하지만 여행이 끝나고 나면 알게 된다
흔들림도 균형의 일부라는 것을
고된 시간은 가장 값진 추억이 된다는 것을

웃지 마, 정들어

오토바이 하나가 계속 나를 따라온다. 걷지 말고 타고 가란다. 얼핏 봐도 열댓 살 정도 되었을 어린 소년이었다. 그냥 따라만 와도 귀찮은데 자꾸 말까지 건다. 좀처럼 한적하게 걸을 수 있는 시간을 주지 않는다. 나는 길바닥에 주저앉았다. 소년이 포기하기만을 기다릴 작정이었다. 그러자 소년도 오토바이에서 내려 주저앉았다. 내가 씩 하고 웃자. 녀석도 같이 따라 웃었다. 내게 손을 흔들며 빨리 오라고 한다. 어디서 많이 본 듯한 장면이라는 생각이 들었다. 아⋯. 맞다. 생각났다. 나에게도 저렇게 손을 흔들며 웃는 친구가 있었다. 학교에 같이 가자고 기다려주던 친구였다. 내가 늦으면 걷지 말고 뛰라고 이름을 부르며 소리치던 친구였다.

"그래 내가 졌다!"

손짓으로 부르자 소년은 풀쩍 오토바이에 올라타 내게로 왔다.
나는 호텔로 가기 전에 바닷가를 구경하고 싶다고 했다. 좋다고 했
다. 우리는 막 해가 진 해변가 도로를 달렸다. 노을 지는 남중국해
의 바다는 눈부시도록 아름다웠다. 시장을 통과할 때는 사람들에
게 큰소리로 인사도 했다. 소년은 신이 났는지 경적을 울리고 노래
를 불렀다. 사람들은 우리에게 손을 흔들어주었다.

걸어도 충분한 거리를 그렇게 오토바이로 돌아다니다 호텔에
도착했다. 나는 소년에게 약속한 가격의 두 배를 주었다. 고마움의
표시였다. 하지만 소년은 의외로 사양했다. 괜찮다며 지폐 한 장을
돌려주려고 했다. 이번에는 내가 굽히지 않았다. 소년이 그랬던 것
처럼 나도 돈을 받아줄 때까지 기다렸다. 미안해하는 소년의 순수
한 표정이 귀여웠다. 나는 주머니에 돈을 쿡, 찔러주고 등 떠밀 듯
보냈다. 그리고 멀어지는 소년의 뒷모습에 대고 이렇게 속삭였다.

"친구야 잘 가!"
"내일도 우리 집 앞에서 기다려 줄래?"

부엉이 항아리를 든 남자

여행을 하다 보면 가끔 자발적인 가이드를 만나게 된다. 돈을 요
구하는 사람도 있지만 대게는 순수한 마음의 현지인들이다. 미얀
마의 어느 마을에서도 그런 가이드를 만났다. 남자는 익숙하게 나
를 이끌고 다니며 마을을 보여주었다. 이 마을은 도자기를 만들어
먹고사는 마을이었다. 집마다 커다란 가마와 다양한 크기의 도자
기들이 있었다. 나는 친절한 가이드님 덕분에 도자기를 빚는 현지
인의 모습을 어려움 없이 촬영할 수 있었다. 마을을 다 돌아본 후
고마운 마음에 약간의 비용을 지불하려고 했다. 하지만 그는 거절
했다. 무안하고 미안했다. 그래서 나는 그에게 사진을 찍어 드리겠
다고 했다. 마을의 다른 사람들은 실컷 찍었는데, 정작 나를 도와
준 남자의 사진은 한 장도 찍지 못했다. 하지만 이번에도 그는 머
뭇거렸다. 뭔가 내키지 않는 표정이었다. 내가 거듭 요청하자 손짓
으로 기다리고 했다. 그리고 어디론가 사라졌다.

얼마 후 그는 커다란 항아리를 들고 왔다. 부엉이가 새겨진 아름다운 항아리였다. 그 마을에서 본 소박한 항아리들과는 다른 것이었다. 지금까지의 항아리들이 생활용품이었다면 남자가 가져온 것은 작품이었다. 아마 내게 자랑을 하고 싶었던 모양이다. 남자는 항아리를 들고 멋지게 자세를 취했다. 나도 카메라를 들고 자세를 잡았다. 그런데 사진을 찍으려 하자 자신의 얼굴을 숨긴다. 나는 웃으며 항아리 말고 당신을 찍고 싶다고 했다. 이렇게 찍으면 부엉이 인간 사진이 되고 만다. 그가 내 말을 못 알아듣는 것 같아 직접 항아리를 들고 포즈를 취하며 보여주었다. 하지만 그는 거절했다. 못 알아들은 게 아니었다. 그는 '나 말고 항아리를 찍으세요'라고 말하고 있었다. 그냥 찍어야 했다. 항아리는 무거웠다. 더는 그를 힘들게 하고 싶지 않았다. 돌아오는 차에서 생각했다. 나도 그렇지 않을까? 내가 만든 것을 나라고 믿고 그 뒤에 숨지 않았을까?

그래 나에게도 있다.
내려놓으라고 해도 내려놓지 못하는
그저 무겁기만 한 항아리들이

내 이름은?

미얀마 국내선 공항은 열악했다. 수하물을 일일이 수레에 실어 나른다. 성미가 급한 일부 승객들은 활주로로 나가 기다렸다. 나처럼 배낭 하나면 족한 여행자는 이럴 때 참 편리하다. 공항 출구로 나가자 기다렸다는 듯 호객꾼들이 몰렸다. 그들 중 눈빛이 선하고 영어를 또박또박 발음해주는 젊은 청년을 따라 택시에 올랐다. 4시간가량 이동해야 할 텐데 소통이 전혀 안 되는 사람은 답답해서 싫었다. 우리는 짧은 영어 실력과 풍부한 보디랭귀지로 이런저런 이야기를 나눴다. 나이와 가족에 대해 이야기를 나눴고 음식과 직업 이야기도 했다. 그러다 서로의 이름을 묻게 되었다. 그는 무슨 무슨 '웅'이라고 했다. 끝 단어만 따라 할 수 있었다. 내가 아무리 정교하게 발음을 따라 해도 그를 만족시킬 순 없었다. 청년은 나의 엉뚱한 발음이 재밌는지 여러 번 고쳐주며 즐거워했다. 내 이름도 역시 결코 쉽지는 않다. 나도 그에게 여러 번 발음을 수정해

달라고 요구했다. 그때마다 우리는 웃었다. 다른 이야기를 하다가도 서로의 이름이 나오면 웃었다. 그러다 결국에는 그냥 서로 줄여서 부르기로 했다. 그는 '웅', 나는 '조'였다.

저녁 늦게 도시에 도착했다. 그가 소개해준 게스트하우스에 짐을 내려놓고 작별 인사를 했다. 비용을 지불하면서 내 이름과 인스타그램 주소를 적어주었다. 그도 언젠가 다시 오게 되면 꼭 연락하라고 전화번호를 적어주었다. 마지막에 다시 한 번 서로의 풀네임을 불러주며 함께 웃었다.

엊그제 병원에서 간호사가 내 이름을 부르는데 웃음이 났다. 그리고 미얀마의 가이드 청년이 생각났다. '한국 사람도 이렇게 실수하는데, 그때 내가 너무 과한 요구를 했구나. 웅이는 잘 지내려나?'

"최팔조 씨! 2번 진료실로 들어오세요! 안 계세요? 최팔조 씨?"

한 달 살기

심심치 않게 들리는 말
한 달 살기

물론 그 말이
어딘가 다른 곳에서
한 달만 살아본다는 뜻일 테지만

난 때론 그 말이
한 달만 살 수 있다면
마지막으로 어디에서 살고 싶으냐고
묻는 것처럼 들리기도 한다

세상 어디든
마지막 한 달은
내가 살고 싶은 곳에서 살 수 있다면

어디가 좋을까?
아직 가보지 못한 곳이 많으니
지금 결정할 수는 없지만

지루한 곳이 좋을 것 같다
너무 지루해서
한 달이 두 달처럼 느껴지는 곳

창문 하나에는 지루한 바다가 보이고
반대편 창문에는 지루한 사막이 보이고
옥상에서는 매일매일 지루한 별들이 쏟아지는

생각만 해도 지루하지만
그런 곳을 꼭 찾아내고 싶다

오키나와에는
맛있는 스시집이 없어요

나와 함께 사는 세 여인(아내와 두 딸)은 휴가지를 정할 때 나에게 많은 걸 묻지 않는다. 대체로 여행 가능한 날짜만 묻는 편이다. '세부에 괜찮은 호텔이 있으니 그리 갑시다'라든가, '베트남 나트랑 비행기 표가 저렴하네요. 이번에는 그리로 가요'라고 한다. 그럼 나는 얌전히 '네, 알겠습니다'라고 답한다. 물론 전혀 예외가 없는 건 아니지만, 가족 여행은 전적으로 세 여인의 뜻에 따른다.

오키나와라고? 일본? 나는 혹시 다른 곳은 없었느냐고 물었다. 큰딸의 결정이라기에 바로 수긍했다(당시 사춘기 말년 시절의 큰딸은 우리 집의 슈퍼 갑이었다!). 메이크업 아티스트로 진로를 결정한 딸은 일본 화장품과 미용 도구에 관심이 많았다. 누군가는 나에게 이렇게 말했다. '부모와 함께 여행해주는 것만으로도 감사해야 해!'

기왕에 일본 땅을 밟아야 한다면 제대로 된 스시를 먹고 싶었다. 일본 스시는 뭔가 특별하고 달라야 하지 않겠는가. 나는 호텔에 도착하자마자 여직원에게 스시집부터 물었다. 나의 어설픈 일본어 질문에 그녀는 유창한 한국어로 대답했다. '오키나와에는 맛있는 스시집이 없어요!' 없단다. 거두절미하고 '어디 어디가 괜찮으니 한번 가보세요' 정도는 해줘야 하는 것 같은데…. 내가 엄청난 미식가처럼 보였나? 그래서 나 같은 미식가가 먹을 만한 대단한 스시집이 없다고 생각한 걸까? 나중에 안 사실이지만, 한때 27년간 미국의 통치를 받으며 태평양 전쟁을 치르기도 했던 오키나와에는 스시집 말고 스테이크 맛집이 더 많다고 한다.

다른 호텔 직원은 나의 같은 질문에 조금은 성의 있는 답을 해주었다. 추천 식당에 가보니 회전 초밥집이었다. 나는 기본적으로 레일 위를 빙빙 도는 초밥을 주워 먹는 일이 내키지 않는다. 왠지 닭이 되어 모이를 먹는 기분이 든다고나 할까…. 대접받는다는 생각이 안 든다. 다행히 이 초밥집은 일반 음식점처럼 주문이 가능했다. 그러나 역시 획획 소리를 내는 초밥 접시 레일이 신경 쓰였다. 그나마 초밥 맛은 괜찮았다. 특히 새우와 방어가 훌륭했다. 그때만큼은 오키나와에 오길 참 잘했다는 생각이 들었다.

티브이 예능 프로그램에서 격투기 선수 '추성훈' 씨가 딸을 데리고 오키나와의 츄라우미 수족관을 찾는 방송이 있었다. 우리 집 세 여인은 티브이를 보는 내내 쉼 없이 번갈아 가며 '와!' 하고 탄성을 질렀다. 내 생각에 우리 가족이 오키나와로 여행하게 된 건 그 방송 때문이었다. 방송의 힘이라는 것이 얼마나 대단한가? 수족관 관광객은 대부분이 한국인이었다. 방송처럼 거대한 고래상어가 내 머리 위를 헤엄쳐 다닌다. 그러나 기대만큼 압도적인 광경도 아니고 스릴도 없다. 수족관이 아무리 거대할지언정, 아무리 엄청난 양의 바닷물을 옮겨왔을지언정 고래상어에겐 좁아터진 어항이다. 여기저기 두리번거리며 몇 시간을 보냈지만, 수족관에서 나올 때 뒷맛이 개운치 않았다. 차라리 나와 비슷하게 생긴 안경원숭이들이 노는 동물원이었다면 어땠을까?

무이네에서 경찰에게 돈을 뜯긴 후로 외국에서 운전은 더 이상 안 하겠노라 다짐했다. 그러나 이런 나의 원칙은 가족 여행에서 인정받을 수 없었다. 아내는 '이미 호텔과 패키지로 렌터카를 예약했으니 국제면허증을 발급받아 놓으세요!'라고 말했다. 우리나라와 운전석도 차선도 반대인 오키나와에서는 정신을 바짝 차려야만 했다. 태어나서 이렇게 오른쪽 왼쪽을 신경 써가며 지낸 적이 있었던가? 깜빡이 대신 와이퍼를 켜고, 비가 오면 깜빡이를 켰다. 초보 운전 시절에도 이런 바보 같은 짓은 하지 않았다. 그러나 운전을 아무리 못 해도 사고가 나지는 않을 것 같았다. 오키나와 운전자들은 시속 50~60km 정도로 다닌다. 과속도 없고 급정거나 급출발도 없었다. 경적도 거의 듣지 못했다. 물론 이 섬에도 속도를 즐기는 스피드광이 한둘 정도는 있겠지만, 적어도 내가 머무는 동안에는 그랬다.

오키나와의 마스코트는 '시사'라고 불리는 상상 속의 동물이다. 얼굴은 우리의 치우천왕과 비슷한데 훨씬 귀엽다. 제주의 돌하르방처럼 섬 곳곳에서 시사를 만날 수 있다. 오키나와 주민들은 죽은 자의 영혼이 불덩어리가 된다고 믿는다고 한다. 그래서 그 영혼이 화재를 일으킬 수도 있으니 시사를 놓아 막는단다. 새로운 여행지로 옮길 때마다 새로운 얼굴의 시사를 찾는 일도 즐거웠다. 상점에서 시사 인형을 볼 때마다 하나 사볼까도 했지만, 결국 사지 않기로 했다. '왜 밥을 안주지?'라고 말하는 듯한 얼굴의 괴물 인형을 집에 들이면 귀신을 쫓기는커녕 귀신이 되어 꿈에 나타날 것만 같았다.

그렇게 오키나와를 다녀왔다. 그런데 오키나와는 그저 오키나와일 뿐이다. 일본을 여행하고 싶다면 일본으로 가야 한다고 생각한다. 물론 이런 생각이 다 옳은 건 아닐 것이다. 각자의 경험과 생각에 따라 다를 수 있으리라. 그래도 혹시 누군가가 오키나와에 다시 갈 생각이 있느냐고 묻는다면 솔직히 긍정적인 답은 못할 것 같다. 우리나라에도 그 정도 예쁜 섬은 얼마든지 있으니까 말이다. 아직 가보지 못한, 시간과 기회가 생기면 당장 떠나고 싶은 우리의 섬들을 하나씩 둘러보고 싶다.

친구와 학교, 선생 최필조

아이들 떠나보낸 빈 의자처럼
선생은 다시 그 자리에서 아이들을 기다린다

운동회

왜 난 잘 달리지도 못하면서 키만 커서
내 줄에 섰는 애들은 달리기 선수들이 수두룩하다
꼴등을 면하기도 쉽지 않다

그리고 제발 달리기는
점심 먹기 전에 하지 말지

"와! 점심시간이다"

하고 외치며 나무 그늘로 달려갈 때면
엄마에게 1등 했다고
그래서 받은 공책이라고 자랑하고 싶은데
언제나 빈손이다

정애야 미안했어

정애는 우리보다 몇 살 더 많았습니다
그 시절에는 아이를 학교에 늦게 보내는 집들이 더러 있었습니다

큰 키에 늘 같은 옷, 하나로 질끈 묶은 머리, 어눌한 말투
명절이라면 모를까 씻지도 않았습니다

지금 생각해보면
논밭에 뒹굴며 놀던 우리나, 정애나
지저분하기는 마찬가지였을 텐데

그 시절 정애의 짝꿍이 되는 것은 최악의 사건으로
한 달 내내 놀림을 당하는 불행한 일이었지요

여름 방학이 끝나고 추석이 가까워 오던 가을
저는 정애랑 짝꿍이 되었습니다

거기까지는 괜찮았습니다
내가 걸릴 수 있겠다, 예상했거든요
그런데 문제는 운동회였습니다
춤 연습을 해야 한다며 짝꿍이랑 손을 잡으라는 것입니다

싫다고
혼나도 그것만은 싫다고
꼬마 필조 군은 울고 말았지요

치마에 손을 닦고 또 닦고
손을 내밀고 있는 정애를 옆에 두고요

그 손이 얼마나 민망했을까요
그 마음이 얼마나 아팠을까요

2학년 2반 54번 황정식

내가 53번이고 자기가 54번인 것이
이해가 안 되신단다

넌 황 씨야
난 최 씨고
나도 작년에는 꼴찌였어
네가 없었으니까

가나다라마바사…를 써 놓고 찬찬히 설명해줬다
모르겠단다 그리고 이런 걸 누가 정했냐고 묻는다
작년에도 출석번호가 꼴찌였는데
올해도 또 꼴찌냐고 선생님께 심통을 부리며 따진다

마지못해 선생님께서는 내년에는 꼭
필조보다 앞 번호를 주겠노라고 말씀하셨다

하지만 이듬해 우린 다른 반이 되었다
나도 54번, 너도 54번

니가 해라 반장

내가 나온 초등학교는 한 학년에 두 반뿐이었다. 그러니 대부분 작년에 봤던 놈들을 또 봐야 한다. 어느 놈이 싫다고 다른 반이 되길 바라면 안 된다. 그러면 그럴수록 같은 반이 되어 버린다. 나는 어떤 고약한 녀석과 초등학교 6년 내내 같은 반이었다. 녀석은 일명 '일짱'으로 불리는 싸움 대장이었다. 나처럼 싸움 등수가 거의 바닥인 아이들과는 상대를 안 하는 녀석이었기 때문에 큰 문제는 없었다. 문제는 반장이었다. 녀석은 반장을 싫어했다. 반장이 하는 일이 뭔가 맘에 들지 않으면 바로 주먹을 날렸다. 특히 반장이 청소 구역을 배정하는 것을 유난히 싫어했다.

일주일에 한 번 하는 특별실 청소는 쓰레기를 치우는 것이 대부분이었다. 당시는 소각장으로 보낼 것과 아닌 것을 구분하는 역할을 누군가 해야 했는데 보통 반장이 했다. 운이 없게도 나는 그해

반장이었다. 녀석은 내가 가만히 서서 '이건 소각장, 이건 쓰레기
장!' 하며 잘난 척하는 것이 매우 꼴사나웠던 모양이다.

"니가 뭘 안다고 이래라 저래라야!"

대꾸할 시간이라도 주면 좋을 텐데, 녀석은 일단 주먹을 날린
다. 피할 겨를도 없다. 이런 녀석과 중학교에서는 제발 다른 반이
되었으면 하고 빌었다. 중학교는 한 학년에 세 반이니까 확률이
높았다. 제발, 저놈만은 피하자. 제발…. 하지만 또 같은 반이 되었
다. 7년 동안 같은 반이다. 어떤 친구 놈은 전생에 부부였다느니 하
면서 놀렸다. 심지어 2학기에는 짝꿍도 되었다. 그러나 나는 그때
녀석의 진심 같은 걸 조금 알게 되었다. 누구에게나 사연은 있고
또 그 내면에는 절대로 상처받고 싶지 않은 연약한 영역이 있다는
것을 알게 되었다.

녀석은 졸업할 때까지 누구에게도 지지 않는 일짱으로 지냈다.
하지만 나는 녀석이 조금 우스웠다. 녀석이 욱할 때마다 이렇게
말해줬다. '말을 해라 말을, 너 그렇게 말이 싫어서 주먹질하면 평
생 여자도 못 사귄다!' 매우 악질적인 농담이었지만 녀석은 웃어

주었다.

명절에 친구들이 모이면 돌아가며 한 번씩 녀석에게 맞은 이야기를 꺼낸다. 물론 녀석도 함께 있다. 매년 듣는 같은 이야기들이다.

"나 반장 뽑은 놈 누구여? 너여? 너 땜에 저놈한테 맞은 거 아녀!"

지금은 순둥이 아저씨가 되어버린 녀석은 별다른 대꾸 없이 언제나 어색한 미소만 짓는다.

개근상

교실 복도에서 놀다가 엄지발톱 밑으로 긴 가시가 박혔다. 피가 많이 나지는 않았지만 고통이 대단했다. 이제 갓 스물을 넘긴 담임 선생님께서는 어쩔 줄을 몰라 하시며 울기만 하셨다. 도저히 방법 이 없으셨는지 선생님은 나를 집으로 보내셨다. 그리고 꼭 엄마와 함께 읍내 보건소에 가라고 하셨다. 그때는 학교에 보건실이라는 것이 없었다. 그래서 처음으로 조퇴라는 것을 했다. 수업 중간에 집으로 돌아간 것은 그때가 처음이었다. 다리를 절뚝이며 집으로 돌아온 나를 보고 어머니는 깜짝 놀라셨다. 어머니는 선생님처럼 주저하거나 울먹이지 않으셨다. 큰 손톱깎이로 발톱을 거의 다 잘 라내시고 순식간에 긴 나뭇조각을 빼내셨다. 그리고 나를 다시 학 교로 보내셨다. 이런 일로 조퇴하면 안 되는 거라고 하셨다.

나는 초등학교를 졸업할 때 육 년 개근상이라는 것을 받았다.

1학년부터 6학년까지 조퇴, 결석이 전혀 없는 학생에게 주는 상이었다. 하지만 그 상은 내 것이 아니었다. 어떤 일이 있어도 학교는 가야 하고 아파도 수업을 다 들어야 한다는 어머니의 고집이 만들어낸 상이었다.

그래서 그런가 보다.

그 시절 개근상장은 나에게 없다.

지금도 어머니의 오래된 장롱 속에 고이 모셔져 있다.

너무 늦은 인사

글짓기 반 선생님께서 칠판에 주제를 적어주시면 우리는 원고지 4~5매 정도의 짧은 글을 썼다. 주제는 대부분 덕목과 관련된 것이었는데 시기에 따라 과학이나 친구에 관한 것도 있었다. 수업 시간의 대부분은 글을 쓰는 시간이었고 마지막 10분 정도만 검사를 하셨다. 선생님께서는 마음에 드는 글을 친구들에게 읽어주실 때가 있었다. 크고 낭랑한 목소리로 읽어주셨다. 글짓기 반은 5~6학년이 함께 듣는 수업이어서 누나와 형들이 많았다. 선생님께서 읽어주시는 선배들의 글을 들으며 언젠가 나도 저렇게 멋진 글을 쓰고 싶다는 생각을 했다. 선생님께서 처음으로 나의 글을 읽어주실 때가 기억난다.

"오늘은 5학년에서… 필조 글을 읽어볼까?"
"왜 전기 요금을 내야 하는지 궁금하다고 썼네?"

가슴이 콩닥콩닥 뛰었다. 그때 처음 알았다. 선생님께서는 글을 그냥 읽는 것이 아니었다. 글의 내용을 유지하면서도 적절한 첨삭을 가미하여 근사한 한 편의 수필을 만들어주셨다. 내가 쓴 게 맞나 싶을 정도로 멋진 글이었다. 창피하고 감사하고 대단하셨다.

"와, 필조 잘 썼죠?"
"글이 솔직해서 참 좋아요."
"5학년 동생도 이렇게 잘 쓰네요."

친구들이 나를 부러운 눈으로 바라봤다. 글을 쓰고 누군가 읽어주는 것이 행복한 일이라는 걸 처음 알았다. 그날 이후 글짓기 수업에 더욱 열심히 참여했다. 내 글이 선생님의 목소리로 들려지길 바라는 마음으로 정성스럽게 글을 썼다.

몇 년 전, 첫 책을 출간하고 선생님 생각이 났다. 혹시 뵐 수 있을까 싶어 이리저리 수소문해 보았다. 그러나 선생님은 이미 오래전에 작고하셨다. 내가 대학교에 다니던 무렵이었다.

선생님, 너무 늦어 죄송합니다.

솔직해서 좋다는 선생님의 칭찬을 지금도 기억하고 삽니다.

그때 제 글 읽어주셔서 정말 감사했습니다. 선생님!

너만 없으면 그냥 집에 가도 될 텐데

나의 첫 청소 담당 구역은 학교 건물 안쪽의 작은 화단이었다. 돌로 울타리를 만든 좁은 산책로와 이제 막 심은 꽃모종들 그리고 학교만큼 오래된 나무들이 있었다. 이 화단은 아이들이 다니는 곳이 아니어서 늘 깨끗한 상태였다. 나중에 안 사실이지만 교장 선생님께서 각별히 좋아하는 산책로였다고 한다. 그럼 나도 그냥 빗자루를 들고 교장 선생님처럼 산책이나 했으면 좋으련만 새 학년을 맞은 학생들이 다들 그렇듯이 나 역시 뭐든 열심히 해보겠다는 생각으로 가득 차 있었다.

어린 나는 꽃을 몰랐다. 특히 온몸으로 봄을 알리며 자신을 떨구는 목련의 아름다움을 알 수 없었다. 목련은 그저 매일매일 산만하게 잎을 떨구며 내 신성한 구역을 어지럽히는 존재였다.

너만 없으면 완벽한 화단인데
너만 없으면 그냥 집에 가도 될 텐데

그래서 나는 꼼꼼한 동네 할아버지가 가을에 감나무를 털 듯 목
련 꽃을 털어냈다. 떨어진 잎은 빗자루로 쓸어 후문 옆 소각장에
버렸다. 다음 날 담임선생님의 분노는 대단했다. 나의 학창 시절을

통틀어 가장 많이 혼난 날이었다. 교장선생님께 꽤나 험한 말씀을 들었나 보다.

지난봄에 목련 나무를 다시 보았다. 여전히 잘 살아 있었다. 여전히 산책로에 잎을 떨구며 청소 당번들을 괴롭히고 있었다.

동백이

우리 반 동백이는 끝에서 1등이다. 허구한 날 결석에 준비물도 없고 숙제도 안 한다. 담임선생님은 동백이를 볼 때마다 "커서 뭐가 될래?"라는 말을 입버릇처럼 하셨다. 그런데 그건 선생님께서 동백이를 잘 모르고 하시는 말씀이다. 동백이는 논에서 만나면 경운기를 몰고 있고, 산에서 만나면 지게질을 하고 있었다. 소도 치고 낫질도 한다. 동백이는 어른처럼 일했다. 봄, 가을이면 학교에 잘 나오지 못했다. 우리는 그 이유를 다 알았다.

동백이는 커서 뭐가 될까?

선생님만 몰랐다.

경자 딸

남녀공학이었던 중학교 시절, 한 달에 한 번 짝꿍을 바꾸는 일은 교실을 들썩이도록 만드는 특별한 이벤트였다. 그해 담임선생님께서는 매우 파격적인 제안을 하셨다. 그러니까 짝꿍하고 싶은 친구 이름을 적어서 다음 주까지 제출하라고 하셨다. 빠짐없이 모두내야 하고 동성의 이름을 쓰면 안 된다고 하셨다. 당황스럽고 고민스러운 일이었다. '누굴 써야 하나?'

수업에 집중할 수 없을 만큼 어려운 일이었다. 교실은 매일같이 누가 누구의 이름을 썼노라는 소문으로 들썩였다. 그리고 드디어 짝꿍을 발표하는 날이 왔다. 하지만 나의 기대는 산산이 부서졌다.

내 짝꿍은 '경자'였다. 사춘기를 가장 강력하게 즐기고 있는 경자! 엊그제 가출을 마치고 막 복귀한 경자! 수업 시간에 몰래 귤을

까먹다 귤로 맞은 경자!

당시는 조금 섭섭하기도 했지만, 지금 생각해보면 재미있다. 경자는 나처럼 숙제나 시험에 종종거리는 아이가 아니었다. 정해진 규칙에 얽매이기를 싫어했고 수업 시간에는 들키지 않고 음식을 먹는 능력도 있었다. 경자는 학교가 지겨워지면 과감히 쉬었다. 쉬는 것도 지겨워지면 다시 학교에 나왔다. 나보다 훨씬 자유로운 아이였다.

지난 설이었다. 나는 동네 편의점에서 우연히 경자의 딸을 만났다. 함께 있던 고향 친구가 알려준 덕분이었다.

"얘야, 네가 경자 딸이니?"
"아저씨가 중학교 때 네 엄마 짝꿍이었단다."

그리고 용돈을 조금 주었다. 엄마에게는 중학교 때 얻어먹은 귤 값이라고 전하라고 했다.

물론 내 이름은 말해주지 않았다

선생님은 대답해주지 않으셨다

우리 반 담임선생님은 합창부 담당 선생님이셨다. 학기 초부터 합창부에 들어올 것을 강력하게 권고하셨다. 음치만 아니면 상관없다고 하셨다. 나는 매년 글짓기 부만 했었기 때문에 조금 두려웠다. '선생님 저… 그냥 글짓기부…'라는 말이 끝나기도 전에 이미 배정이 끝났다는 말씀을 하셨다. 합창부는 대회가 있어 일주일에 몇 번씩 연습을 했다. 면 단위 대회에서 우승을 하면 군 대회까지 나간다. 우리 학교는 전통적으로 면 대회에서 우승을 했다. 가을에는 일요일에도 연습을 한다고 하셨다. 생각만 해도 암담하다. 차라리 내 짝꿍처럼 음치였으면 얼마나 좋을까?

무더운 여름이었다. 교실에는 천정에 붙은 선풍기 두 개가 다녔다. 우리는 선생님의 지시에 따라 발성연습을 하고 있었다. 선생님은 늘 배로 소리를 내라고 강조하셨다. 배에 힘을 주고 정수리 끝으로 소리를 보내라고 하셨다. 도대체 그게 무슨 소리인지, 몇 개월을 해도 이해가 잘 안 갔다. 소리는 목을 통해서 입으로 나오는 거 아닌가? 그날따라 더 힘이 들었다. 발성연습만 해도 이미 머리가 지끈거리며 어지러웠다. '선생님 저… 좀… 어지러워요.' 선생님은 목으로 소리를 내서 그런다며 아랫배에 힘을 더 주라고 하셨다. 그래서 더 힘을 줬다. 소리를 머리 위로, 정수리 끝으로 열심히 보냈다. 이제 어지러운 것은 잘 모르겠는데 아이들 소리가 잘 들리지 않는다. 점점 아득하게 들린다. 그리고 다리에 힘이 풀렸다. 나는 '풀썩' 하고 쓰러졌다. 옆에 친구가 나를 붙잡고 같이 넘어졌다.

'아아아아아~ 에에에에에~' 누나 형들이 부르는 발성 연습 소리가 아득하게 들렸다. 나는 선풍기 바람이 잘 오는 곳에 얌전히 누워 있었다.

합창부도 못할 만큼 저질 체력인 덕에 나는 여름 방학이 끝나고 원하던 글짓기부로 갔다. 다행이었지만 조금 미안하기도 했다. 가을의 어느 월요일이었다. 교장 선생님께서는 전체 학생들 앞에서 우리 선생님을 칭찬하셨다. 합창부가 군 대회에서 준우승을 했다고 하셨다. 상장과 트로피도 보여주셨다. 선생님께서는 조회대에 올라 상을 받으셨고 합창부는 〈몽금포 타령〉을 불렀다. 정말 대단했다. 마이크도 없고 반주도 없었다. 크고 우렁찬 합창이었다. 우레와 같은 박수를 받았다. 하지만 그날 선생님은 웃지 않으셨다. 합창부를 했던 아이들도 그다지 행복해 보이지 않았다. 어느 아이가 점심시간에 도시락을 먹다 말고 이런 질문했다.

"선생님, 1등은 어느 학교예요?"

전교 1등 친구

"난 전교 1등이었어, 넌 몇 등이었는데?"

초면인 녀석이 자기 자랑을 늘어놓는다. 국민학교 내내 반장이 었다며 묻지도 않은 이야기를 한다. 똘똘해 보이지만 겸손이라고 는 찾아볼 수 없는 녀석이었다. 다른 아이들에게도 이런 식으로 인 사를 하고 다니는 모양이었다. 왜 저러고 다니는 걸까? 중학교에 들어오자마자 피하고 싶은 녀석이 하나 생겼다는 사실이 씁쓸했 다. 며칠 후 녀석이 친구를 한 명 소개하겠다며 나에게 왔다. 그런 데 이번에도 이름보다 전교 등수를 먼저 말한다. "응, 얘는 전교 2 등이었고 이름은 〇〇〇이야!" 방글방글 웃으며 이런 인사를 또 한다. 해맑게 재수가 없다.

이들 밉상 전교 1, 2등은 내가 가장 친하고 싶지 않은 전교 1등,

2등이었다. 하지만 나는 그들의 꾸준한 들이댐에 넘어가 결국 친구가 되고 말았다. 사실 나도 녀석들이 다가오는 것이 싫지는 않았다. 해맑고 촌스럽고 다정했다.

친구가 된 후 나는 녀석들이 왜 그런 인사를 하고 다녔는지 알게 되었다. 나의 고향에는 네 개의 국민학교가 있었다. 그중에서도 서촌 국민학교는 수년간 입학생이 없어 폐교가 예정된 학교였다. 그 둘은 그해의 몇 안 되는 졸업생이었다. 겨울이면 난롯가에 전교생이 모여 공부를 했다고 한다. 상상만 해도 귀엽고 다정한 학교다. 이제 와 생각해보면 그들의 그런 인사는 담임선생님이 시킨 건지도 모르겠다. 작은 분교에서는 선생님이 아빠고 엄마다. 자식처럼 키우던 아이들을 큰 학교로 보내는 마음이 어땠을까?

"기죽지 마라. 너희는 우리 학교 전교 1, 2등이다. 가서 당당하게 먼저 말해라. 반장도 했다고 말하거라."

내가 담임교사였더라도 분명 그렇게 했을 것 같다. 서울에서 직장을 얻고 몇 년의 세월이 흐른 뒤였다. 어떻게 내 전화번호를 알아냈는지 녀석에게 전화가 왔다. 서울에 사는 친구들이 몇이나 있냐고, 보고 싶으니 약속을 잡아달라고 했다. 기쁜 마음에 여기저기 전화를 돌려 자리를 마련했다. 묵은 이야기들을 꺼내 놓고 밤새 웃고 떠들었다. 녀석은 헤어질 즈음에 명함을 돌렸다.

"너희들 내가 국민학교 때 전교 1등이었던 거 알지? 내가 보험도 전국 1등이다. 보험 필요하면 말해라. 꼭이다!"

늦둥이 용규

"우리 엄마는 할머니가 아냐."
"우리 엄마는 할머니가 아냐."

울먹이는 용규는 교실에 있고
안쓰러운 엄마는 복도에서 서성입니다

눈물이 나도
친구들이 놀려도
엄마가 복도에 있는 게 좋습니다

울먹이는 용규를 보며
담임선생님도 눈물이 핑 돕니다

그래 용규야
나도 그렇더라

울 엄마는 할머니가 아니더라
아무리 나이가 드셔도
아무리 머리가 하얗게 변해도
할머니 같지가 않더라
우리 엄마는 할머니가 아니더라

그런데 알고 보면 비슷한 거야

고등학교 때 담임선생님께서는
문과와 이과를 고민하는 나에게
이렇게 질문하셨다

중력을 배울래?
사랑을 배울래?

이발하셨어요?

나는 미용실에 3주에 한 번 정도 간다. 4주가 된다고 해도 더 너저분해 보이지는 않겠지만, '선생님, 이발하셨나 봐요?' 누군가 이렇게 물어보는 상황을 만들고 싶지 않다. 내 경험으로 4주 만에 이발을 하면 그런 상황이 생긴다. 미용실을 3주마다 가는 일은 생각외로 번거롭다. 이발한 상태로 머리카락이 자라지 않고 멈춘다면 얼마나 좋을까? 언젠가 머리를 박박 밀어버린 사진가님을 알게 되었다. 나도 머리카락이 귀찮아 박박 밀고 싶다고 했더니 그러지 말라고 했다. 머리를 반짝거리는 상태로 유지하는 것도 꽤 번거로운 일이라며 말이다. 며칠만 지나면 면도를 안 한 얼굴처럼 거뭇하고 까칠해진단다. 그래 어쩔 수 없다. 자연스럽게 머리털이 다 없어지기 전까지는 3주에 한 번씩 일을 치러야 한다.

내가 다니는 미용실은 세 곳이었다. 퇴근 후 집으로 가다 보면 만나는 곳들인데 예약은 따로 하지 않았다. 손님이 없어 대기 시간이 필요 없는 곳들이기도 하다. 그런데 최근 그중 한 가게가 망했다. 내가 가장 자주 가던 곳이었다. 그러니까 내가 자주 갔다는 건 항상 손님이 없었다는 말과 같을 것이다. 아쉽게도 사장 아주머니와 작별 인사조차 제대로 못 했다. 나머지 두 곳은 처음 가게와 비교했을 때 제법 손님이 있다. 한 가게에서는 개를 키운다. 그냥 작고 귀여운 강아지가 아니라 꽤 큰 개다. 믿기지는 않지만 6개월도 안 된 강아지란다. 녀석은 나를 볼 때마다 짖는다. 반갑게 웃으며 인사해도 짖는다. 너무 맹렬하게 짖으니까 왠지 기분 나쁘다. 그리고 이곳 아주머니는 매번 까먹지도 않고 똑같은 말을 하신다. '파마를 해라! 머리를 심어라! 10년은 젊어 보일 거다. 갈수록 머리카락이 없어지고 있다.' 내가 아주머니의 생업을 위해 머리까지 심어가며 이발을 해야 하는 걸까?

그래서 최근엔 나머지 한 가게로 간다. 가장 무난하다. 개도 없고 머리를 심으라는 말도 없다. 다만 이 아주머니는 철저히 예약제를 고수하신다. 지나가다 불쑥 들어가면 이발을 할 수 없다. 분명 가게에 아무도 없는데 안 된다. 손님이 오기로 했단다. 또는 출장을 가야 한단다. 출장? 무슨 출장? 그래 난 이 업계를 모르니까. 걸음이 불편한 어르신의 파마를 해주실 수도 있겠지, 그래서 요즘은 되도록 방문 전에 예약부터 한다. 그런데 이 분이 꽤 바쁘시다. 주말에 시간을 못 내면 예약이 힘들다. 월요일에 예약하면 목요일이나 금요일에나 가능하다. 정 급하면 오전 10시 전에 오라는데, 출근을 미루고 그럴 순 없다. 이번에도 예약을 깜빡했다. 그래서 결국 4주 만에 이발을 했다.

"선생님 이발하셨네요?"
"네 알아봐 주셔서 고맙습니다."

"와 우리 선생님 머리 잘랐다!"
"그래 고마워!"

"선생님 흰머리 뽑아 드려요?"
"그러지 마, 선생님 탱탱볼 된다!"

방수防水의 의미

선생님도 너만 할 때 손목시계가 있었어
어느 날 시계방에서 일을 하던 사촌 형이 선물이라며 준 건데
그때 처음으로 손목시계라는 것을 갖게 되었지

손목에 차고 친구들과 신나게 놀다 보면
시계도 즐겁다는 듯 시침 분침 초침이 다 함께 뒤 섞여 놀더라
몇 번의 수리를 거쳐 꽤 오랫동안 나의 자랑거리였던 그 시계는
어느 여름 방학에 끝이 났어

친구 놈들이 그게 방수가 되는 게 맞냐는 거야
나는 그걸 들고 자신 있게 잠수했어 그리고 알았지
내 시계는 방수가 아니라 흡수라는 것을

Water 30M Proof 란 글을 써놓지나 말든가

아무튼 나에게 상당한 모욕감을 준 그 녀석은

그 이후로 영원히 내 손목을 장식할 수 없었어

나중에 그러더라 사촌 형이

물속으로 30미터 정도 들어가 봤냐고

그때부터 방수가 된다고

지민아 재밌었겠다!

지민이는 글쓰기를 두려워했다. 읽거나 말하는 것에는 문제가 없었지만 유독 글쓰기를 어려워했다. 그래서 공책이나 일기장은 늘 하얗게 비어 있었다. 하지만 지민이는 조금 특별했다. 보통의 아이들은 일기를 쓰지 않으면 일기장을 제출하지 않는다. 그러나 지민이는 아무 내용도 없는 일기장을 그대로 냈다. 매주 냈다. 왜 빈 일기장을 낼까? 3월 내내 그랬다. 나는 매번 그냥 돌려줬다. 아… 이건? 혹시? 지민이는 쓰지 못하지만, 선생님은 쓸 수 있으니까? 아 그거였구나? 그때부터 매주 나는 지민이에게 짤막한 편지를 써주었다.

'지민아 체육 시간에 잘 하던데?'
'지민아 점심 맛있게 먹는 거 참 보기 좋아!'

2학기에 들어서는 일기장을 돌려줄 때 지민이 앞에서 연기도 해주었다 '지민아 일기 내용이 너무 알찬 거 아냐?', '지민아 너무 감동적이어서 선생님이 읽다가 눈물을 흘렸어. 흑흑흑' 우리는 아무것도 없는 빈 일기장으로 매주 즐거웠다. 지민이가 몰래 일기장을 열고 내 편지를 읽는 것도 귀여웠다. 지민이와 헤어지는 날, 지민이는 넓은 편지지에 한 줄의 글을 써주었다. '선생님 감사합니다.' 그 한 문장 아래에 활짝 웃는 예쁜 꽃도 그려주었다. 지민이의 편지는 그동안 내가 받은 수많은 삐뚤빼뚤한 편지들 중에서 가장 감동적이었다. 그 한 문장 뒤에 남겨진 넓은 여백에는 지민이의 마음으로 가득 차 있었다.

우리 흉내 내지 말고 해보자

　수학여행 시즌이 오면 아이들은 장기자랑 준비로 바쁘다. 수업이 끝나면 삼삼오오 모여서 연습을 한다. 아이들의 장기자랑은 매년 똑같다. 아이돌의 흉내를 내는 것이다. 춤이며 옷이며 어떻게든 연예인과 비슷하게 보이려고 노력한다. 아이들이 즐거우니 상관은 없지만 볼 때마다 조금은 아쉬운 생각이 들었다. 그래서 한 해는 과감히 용기를 냈다.

　"얘들아, 우리 이번 장기랑 말이야. 아이돌 흉내 내지 말고 해보자."
　"다른 반이랑 똑같은 거 재미없지 않니?"

　예상대로 아이들의 반응은 싸늘했다. 한 번도 그런 장기자랑을 해본 적이 없다고 했다. 며칠 아이들과 밀땅을 했다. 하지만 나는 결국 설득했다. 언제나 실패하지 않는 비장의 무기, 운동장 체육과 아이스크림을 사용했다.

여러 번의 회의 끝에 응원 공연을 하기로 했다. 안무는 가능한 쉽게 만들어서 모든 친구가 함께 참여하는 것으로 했다. 노래를 고르고 동작을 만들고 연습하는 동안 몇 번의 위기가 있었다. 싸움도 났다. 이럴 바에야 안 하는 것이 낫겠다며 포기하자고도 했다. 나는 그럴 때마다 조금만 더 해보자고 격려했다. 하지만 어떤 결정을 내려주지는 않았다. 부디 나의 개입 없이 하나의 무대를 완성해주기를 바랐다. 늦더위가 한풀 꺾이고 선선한 바람이 불기 시작하던 10월 어느 날, 우리는 드디어 수학여행을 떠났다. 아이들은 빨주노초파남보 일곱 색깔의 옷을 준비했다. 응원 소품도 준비했다. 마지막에 친구들에게 던져줄 사탕도 준비했다.

수학여행의 마지막 밤, 아이들의 무대는 대성공이었다. 모든 아이들이 우리의 응원가에 열광했다. 공연을 마친 아이들은 서로 얼싸안고 환호했다. 행사가 끝날 때까지 상기된 얼굴이 사라지지 않았다.

아이들은 이제 조금 알 게 되었을까? 누군가를 흉내 내지 않고도 스스로 만족할 수 있는 춤을 출 수 있다는 것을? 함께 노력한 시간들이 결과만큼이나 값지다는 것을? 포기하고 싶을 때 서로를 격려하고 다시 일어나는 경험이 얼마나 소중한지를? 그리고 선생님이 아이스크림을 얼마나 많이 샀는지를!

장래 희망

선생님 꼭 뭐가 되어야 하나요?
호랑이나 새는 안 된다면서요?

그럼 저는 그냥 이렇게 살래요

경석이 할머니

경석이가 전학을 왔다. 자세한 내용을 모르지만 엄마는 함께 오지 않았다고 했다. 대신 할머니가 한동안 돌봐줄 거라고 한다. 사투리를 쓰지 않으려고 애쓰는 경석이가 귀여웠다. 피구를 제법 잘한다. 덕분에 남자아이들과 금방 친해졌다. 며칠 후 체육 수업을 막 끝내고 교실로 돌아왔는데 경석이 할머니가 교실로 찾아오셨다. 갑작스러운 방문에 부랴부랴 상의만 양복으로 갈아입었다. 할머니는 손에 커다란 쇼핑백을 들고 있었다.

"경석이 할머니 어서 오세요."

"이게 뭐예요? 밤꿀이오?"

"안 돼요. 할머니…."

"요즘은 이런 거 들고 오시면 제가 많이 곤란해져요."

돈 주고 산 거도 아니고 당신께서 시골에서 직접 농사지은 거라며 걱정 말라고 하신다. 바카스 한 병도 받지 말라는 교감 선생님의 말씀이 떠올랐다.

"할머니 경석이는 잘 지내고 있습니다."
"우리 반에 경석이가 와서 저도 아이들도 정말 기뻐하고 있어요."
"발표도 잘 하고 체육도 잘하고 최고예요. 밥도 잘 먹어요. 걱정마셔요."

그러니 제발 이 꿀은 다시 가져가 달라고 말씀드렸다. 그 순간 할머니는 뭔가를 오해하셨던 것 같다. 주머니를 뒤적거리다 그럼 이거라도 받아달라며 만 원짜리 세 장을 꺼내신다. 꼬깃꼬깃 접어둔 쌈짓돈이었다. 나는 화들짝 놀라 자리에서 일어나 손사래를 쳤다.

"이러시면 저 감옥 가요 할머니!"
"정말이에요. 세상이 많이 변했습니다."

아쉬워하는 할머니를 등 떠밀 듯 배웅하며 교문으로 향했다. 경석이를 더 잘 돌볼 테니 걱정 말고 들어가시라는 인사를 몇 번이나 드렸다. 그렇게 할머니를 보내드리고 돌아서 교실로 돌아가는 중이었다. 가신 줄로만 알았던 할머니께서 몰래 내 뒤를 따라오시다가 체육복 바지 속에 돈을 넣고 달아나셨다. 순식간에 벌어진 일이었다. 너무 급하게 하시느라 운동장에서 내 바지를 반쯤 벗기셨다. 당황한 나는 바지를 올리고 뒤따라갔다. 할머니는 밤꿀이 든 쇼핑백을 들고 전력 질주를 하고 계셨다. 내가 뒤따르자 더 빨리 달리셨다. 할머니의 달리기라고는 도저히 믿을 수 없는 속도였다. 경석이가 체육을 잘하는 이유를 알 것도 같았다. 할머니가 육교를 오르시는 모습을 보고 나는 뒤따르기를 멈췄다. 너무 위험해 보였다. 그냥 천천히 건너시는 것이 좋을 것 같았다. 할머니는 다행히 잘 건넌 후 나에게 잘 들어가라고 인사를 하셨다.

　돈 삼만 원을 들고 교감 선생님께 찾아갔다. 그리고 상황을 설명해 드렸다. 한참을 웃으시더니 아이를 통해 돌려줘야 한다고 하셨다. 하지만 그렇게 하면 분명 할머니가 더 불안해하실 테니 이번 한 번만 그 돈으로 아이들의 간식을 사주라고 하셨다. 당시에는 행사가 있는 날이면 학부모님들이 반 아이들에게 간식을 사주시곤 했다. 요즘은 그조차도 허락되지 않는 불법이다. 나는 교실에 돌아와서야 알았다. 체육복 바지에 양복 상의를 입고 운동장을 뛰어다 녔다는 사실을. 어쩐지 교감 선생님께서 너무 크게 웃으시더라 니….

경석이는 할머니의 바람대로 잘 지냈다. 경석이가 섞어주는 사 투리 덕분에 교실은 매일 웃음이 끊이지 않았다. 몇 달 후 경석이 는 다시 전학을 갔다. 엄마가 있는 곳으로 간다고 했다.

선생님도 같이 해요

어제 선생님이 과학 시간에 보여주신 영상 있잖아요
정말 충격이었어요
저는 소가 그렇게 엄청난 양의 풀을 먹고
그렇게 엄청나게 똥을 싸고
그렇게 엄청나게 자주 방귀를 뀐다는 사실에 깜짝 놀랐어요

저 어제 아빠랑 약속했어요
더 이상 방귀를 뀌지 말자고요
소는 소니까 어쩔 수 없어지만
우리는 사람이니까 실천해야죠
아빠랑 엄마랑 다 이야기했는데
엄마는 솔직히 못 지키실 것 같다고 해서요
아빠랑 저랑만 하기로 했어요

선생님!
선생님도 같이 해요

/

은솔아 그런데 말이야
선생님이 그거 먼저 해봤거든
선생님이 일 년도 넘게 방귀를 참아 봤는데
결국 참았던 방귀가 한 번에 터져버리더라

난리 났었어
창문이 깨지고 소방차 오고
학교가 무너질 뻔했다니까?

산타 할머니

선생님 저는 산타 할아버지가 아빠인 거 다 알아요
처음에는 조금 실망했는데요
생각해 보니까 괜찮아요
차라리 잘 됐어요
아빠는 언제나 저랑 같이 있을 테니까요
크리스마스에 선물을 못 받는 일은 없을 거잖아요

남자애들은 바보예요
왜 산타가 없다고 말하고 다니는 거죠?
그런 말을 하고 다니면
아빠가 몰래 선물을 주고 싶어도
줄 수 없을지도 모르잖아요

참 그리고요 선생님

산타는 남자만 할 수 있어요?

저도 나중에 아기가 생기면 꼭 산타를 해보고 싶은데

남자만 할 수 있는 건 아니죠?

괜찮죠? 산타 할머니도?

친주_州의 교실에서

얼마 전 지긋지긋하게 재미없는 온라인 연수를 겨우 마쳤다. 마지막 시간에 시험을 보는데 정말 어려웠다. 최대한 머리를 쥐어짜 시험을 봤는데도 70점, 겨우 낙제를 면했다. 강좌가 너무 재미없기 때문이라고 변명을 했다. 어떤 시험이든 끝나고 나면 적당한 반성과 변명을 늘어놓게 마련이다. 어린 시절이나 지금이나 똑같다.

초등학교 6학년 때는 매달 시험을 봤다. 내 기억이 정확하다면 전 과목을 모두 봤다. 음악, 미술, 체육까지 사지선다형 지필 평가였다. 그렇게 매달 시험을 봐야 할 정도로 배우는 양이 많았던 것일까? 지금 생각하면 시험을 봐야 하는 학생이나 일일이 손으로 시험지를 만들었던 선생님이나 고생이 참 많았다는 생각이 든다. 월말 평가가 끝나면 시험 성적을 공개하고 상을 줬다. 그리고 일등부터 꼴등까지 등수를 만들어 붙이고 순서대로 자리를 배치했다.

창가 쪽 맨 앞자리는 일등, 복도 쪽 마지막 자리는 꼴등이었다. 열심히 공부하면 밝은 빛이 드는 곳으로 갈 수 있었고, 공부를 못하면 냄새나는 신발장 쪽으로 가야 했다. 왜 그렇게까지 했는지 지금도 이해할 수 없다.

중학교는 더 가관이었다. 교실 전체를 4인 1조의 형태로 만들었다. 한 조를 조장, 조원, 조장짝으로 구성했다. 반에서 12등까지는 조장, 뒤에서 12등까지는 조장짝, 나머지는 조원이다. 당시 기술 과목 선생님은 무섭기로 유명했는데 반 평균이 90점 이상 나와야 했다. 안 그럼 엄청난 매질을 당했다. 내 짝꿍은 경계성 지능 장애로 답안지에 답을 쓰는 것조차 어려웠지만 기술 시험만큼은 70점 이상 받았다. 물론 몇 번의 매질을 당한 후에 얻은 결과였다. 더 지독한 것은 조별로 연대책임을 묻는 것이었다. 예를 들면 조장짝이 시험을 못 보면 조장이 매를 맞았다. 아마 서로 도와주며 공부하라는 뜻이었을 텐데 부작용이 만만치 않았다. '야! 너 이번에 시험 못 보면 알지? 공부해라! 안 그럼 선생님께도 맞고 나한테도 맞는 거다.' 이런 말을 서로에게 아무렇지도 않게 했다.

고등학교도 다르지 않았다. 평반과 심화반으로 학생들을 분리

했다. 전교 1등부터 54등까지 심화반으로 한 반을 만들었다. 55등이 되면 반에서 나간다. 대신 평반에서 제일 잘하는 한 명이 심화반으로 들어온다. 성적이 그 경계에 놓이면 치열함이 얼마나 대단한지 알 수 있다. 중학교 때부터 친한 친구가 나에게 이런 말을 했다.

"나는 공부를 잘하게 돼도 심화반은 안 갈 거야!"
"쉬는 시간에 친구랑 장난도 못 치는 반에서 어떻게 사냐?"

우리는 왜 그토록 경쟁을 사랑했을까? 그 방법뿐이었을까? 미얀마를 여행하던 중 어느 시골의 초등학교 교실을 구경한 적이 있다. 덩그러니 넓은 교실에 열댓 명의 아이들이 놀고 있었다. 고무줄놀이도 하고 춤도 춘다. 쉬는 시간인가 보다 했다. 그런데 가만 보니 구석에서 선생님이 아이 서너 명을 가르치고 있다. 잠깐 붙잡고 있다가 바로 놓아준다. 그리고 노는 아이 몇 명을 부른다. 그럼 선생님께 달려간다. 대다수의 아이들은 그대로 논다. 웃지 않는 아이가 없다. 선생님은 어떤 순서대로 아이들을 부르는 것 같았다. 수업이 끝났는지 선생님은 어디론가 가셨다. 하지만 아이들은 교실을 떠나지 않았다. 여전히 웃으며 놀았다. 매우 어수선해 보이지만 상당히 인상적인 수업이었다. 아이들은 분명히 행복했다.

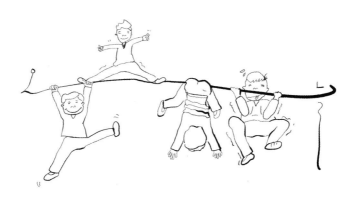

나도 안다. 경쟁의 생산성과 효율성을, 하지만 나는 우리 아이들이 학교에서 행복했으면 좋겠다. 공부를 잘해도 행복하고 공부를 못해도 행복했으면 좋겠다. 부지런해도 행복하고 조금 게을러도 행복했으면 좋겠다. 학교가 제발 아이들의 행복을 나중으로 미루는 곳이 되지 않았으면 좋겠다.

어쩌면 좋겠어?

학교에서는 매년 반별로 생태교육에 필요한 예산을 지정해준다. 그럼 나는 화분 몇 개를 사다가 봄, 여름, 가을까지 키우고 겨울이 오기 전에 아이들에게 나누어준다. 식물은 대게 잘 죽지 않는 선인장이나 다육 식물을 사는데, 몇 년 전부터 스투키를 산다. 저렴하기 때문에 많은 아이들에게 나눠줄 수 있는 장점이 있다. 똑같이 생긴 여러 마리의 스투키가 창가에 줄지어 앉아 아이들과 함께 수업을 듣는다. 여름에는 화분에서 작은 순이 돋기도 하는데 아이들이 가장 좋아하는 순간이다. 아이들은 화분마다 이름을 붙여주고 적당하게 물을 준다. 색종이로 화분을 꾸미거나 영양제를 사다가 먹이는 아이들도 있다. 애정을 받은 만큼 스투키들은 건강하게 잘 자란다. 그러다 여름방학이 끝나고 가을이 오면 나는 아이들에게 화분을 분양할 준비를 한다. 아이들의 눈빛을 보면 알 수 있다. 어느 화분이 어느 아이에게 가야 하는지 짐작할 수 있다.

겨울 방학식 날 화분은 아이들 품에 안겨 각자의 집으로 간다. 방학이 끝나도 다시 가져오지 않는다. 끝까지 아이가 책임져야 한다. 왜냐하면 봄에는 또 다른 화분들이 오기 때문이다. 그런데 작년 겨울에는 한 화분이 주인을 만나지 못했다. 그 스투키는 올 때부터 몸이 좋지 않았다. 여름에 죽을 고비를 겨우 넘기더니 기을에는 누렇게 병이 들었다. 어떤 아이도 그 스투키를 달라고 하지 않았다. 나는 겨울 방학식 날 덩그렇게 홀로 남은 화분을 들고 운동장으로 갔다. 운동장 구석에 버릴 생각이었다. 화분을 거꾸로 들고 털어내니 바짝 마른 뿌리가 드러났다. 혹시나 하고 뿌리를 고르고 살폈다. 하나는 상태가 좋아 보였다. 처음부터 있던 건 아니고 여름에 새로 난 순이었다. 투명한 뿌리에는 물기도 남아 있었다. "너는 죽지 않았구나." 누렇게 뜬 것을 버리고 그 얇은 줄기 하나를 담아왔다. 흙이 모자라 보여 화단에서 흙을 더 담아주었다.

스투키는 살아 있었다. 솔직히 몇 달 동안은 생사를 알 수 없어 그냥 버릴까도 생각했다. 화분 하나에 스투키 하나가 꼬챙이처럼 박혀 있으니 볼품도 없거니와 살아난다 해도 그다지 행복할 것 같았다. 볼 때마다 미안한 생각이 들었다. 친구들은 이미 다 떠났다. 나는 심심한 스투키에게 구슬을 선물했다. 아이들이 놀다 버리고

간 구슬들이었다. 빛을 받으면 반짝거리고 따뜻해졌다. 다행히 스투키는 혼자가 아니었다. 내가 부족할까 봐 더 담은 흙에 작은 풀씨가 있었던 모양이다. 겨우내 숨어 있다가 2월에 접어들자 싹을 틔웠다. 클로버 모양의 잎을 갖고 있는 예쁜 넝쿨 식물이다. 고맙고 대견했다. 생명이란 얼마나 아름다운가? 보기만 해도 흐뭇했다. 외롭지 말라고 버리지 말라고 말하는 것 같았다.

그런데 나는 요즘 새로운 고민이 생겼다. 풀은 스투키와 다르다. 매우 빠른 속도로 무성하게 자란다. 이틀이라도 물을 안 주면 잎이 시든다. 만약 이렇게 이틀에 한 번씩 물을 주면 스투키는 위험하다. 뿌리가 곪을 것이다. 그렇다고 겨우 자리를 잡은 스투키를 어딘가로 옮길 수도 없다. 스투키가 말을 할 수 있으면 좋겠다. 어떻게 해야 좋겠냐고 묻고 싶다.

익숙한 듯 아닌 듯한 일상

반복되는 일상이 익숙하지 않은 건
그럭저럭 잘 살고 있다는 이야기다

비문증飛蚊症과 아메바 은하

비문증은 말 그대로 풀이하면 '모기가 날아다니는 증세'라는 뜻이다. 조금 더 구체적으로 말하자면 안구의 유리체가 혼탁해진 것을 환자가 자각하여 시야에 부유물이 보이는 현상이다. 나의 오른쪽 눈은 매우 오랫동안 비문증이다. 그렇다고 정말 모기가 날아다니는 것처럼 정신없고 신경 쓰이지는 않는다. 그래서 비문증을 앓고 있다거나 비문증으로 고생 중이라고 표현하지 않는다. 흰 머리카락이 늘어나는 일과 비슷한 거라고 생각한다. 의외로 비문증은 나를 즐겁게 만들기도 한다. 특히 구름 한 점 없는 빈 하늘을 볼 때가 그렇다. 왼쪽 눈을 감고 하늘을 보고 있으면 검은 새 한두 마리가 나의 시선을 따라 날아다닌다. 그러다 갑자기 훅 튀어나온 아메바와 만난다. 이 아메바의 성별은 여성일 것이다. 왜냐하면 수줍음이 많기 때문이다. 오른쪽 하늘 주변에서 살짝 나타났다가 내가 보려고 하면 순식간에 사라진다. 기다리면 절대 나타나지 않는다. 아닌 척하고 다른 하늘을 보면 슬며시 나타난다.

어느 날은 소파에 누워 아메바와 숨바꼭질을 하다가 생의 허무함 같은 것을 느꼈다. '이런 부질없는 짓으로도 시간을 보낼 수 있구나…' 내가 쫓는 많은 깃들이 유리체 안에 떠도는 불순물 같은 것일지도 모른다는 생각이 들었다. 이 글을 쓰는 중에도 아메바는 내 모니터를 물끄러미 바라보고 있고 몇몇 검은 새들은 앞 머리카락을 툭, 치고 하늘로 날아갔다.

최근에는 이런 상상을 했다. 우주는 신의 유리체다. 신이 눈을 뜬 후 우주에 빛이 들어와 세상이 시작되었다. 그러나 신은 나이가 들면서 비문증에 걸려버렸다. 그래서 우주에는 은하와 별이 떠다니고 혜성도 날아다니게 되었다. 그렇다면 혹시, 내 유리체도 하나의 우주가 아닐까? 부끄럼쟁이 아메바는 수많은 별이 사는 은하일 것이다. 그리고 검은 새는 내 나이만큼의 주기를 가진 혜성일 것이다. 내 유리체에 빛이 들어오고 50년 만에 만나는…. 그러니까 주기가 50년인 혜성인 것이다.

얼마 전 안과 의사가 광시증光視症이라는 새로운 병명에 대해 알려주었다. 빛이 없는 어둠 속에서도 빛을 느끼는 현상이란다. 나는 순간 또 우주를 떠올렸다. 광시증은 빅뱅이다. 우주가 처음 생겨난 건 분명 신의 광시증 때문일 것이다.

No Plastic

요즘은 서로 고맙다는 말도 주고받지 않는다. 문 앞에 음식을 놓고 주인이 나오기 전에 사라져 버린다. 별점이 높은 맛집답게 서비스가 대단하다. 하나하나 꼼꼼하게 챙겨서 보냈다. 마늘 그릇 하나, 쌈장 그릇 하나, 나물 그릇 하나, 국그릇도 하나, 한 끼를 먹고 나니 재활용 쓰레기통이 가득 찼다. 이걸 그냥 버리면 재활용이 될까? 그릇에 홈이 많아서 잘 닦이지도 않는다. 설거지를 하며 언젠가 여행했던 미얀마의 산골 마을을 생각했다. 우리의 강원도처럼 산간 지역이었는데 마을에서 마을로 가려면 산을 넘어야 했다. 이정표도 없고 스마트폰도 안 된다. 길을 찾기 위해서는 주민들에게 물어보는 수밖에 없었다. 내가 가려는 곳은 '아인홈인'이라는 마을이었다. 하지만 길을 찾기가 어려웠다. 주민들의 고개를 갸우뚱하게 만들 뿐이었다. 그렇게 한참을 걷다가 멀리 이정표 같은 것이 보였다. 얼핏 보기에 영어로 된 표지판이어서 반가운 마음에 한달

음에 달려갔다.

"No Plastic"

그건 이정표가 아니라 플라스틱을 버리지 말라는 경고 문구였다. 여행자인 당신이 어디를 가든 상관은 없지만 제발 플라스틱은 버리지 말라는 경고였다. 그 산중에 있는 유일한 알파벳 문구였다.

설거지가 끝나갈 무렵 주문했던 배달 앱에서 알림이 왔다. '맛있게 드셨나요? 후기를 남겨주세요.' 나는 마음속으로 이렇게 말했다.

'일회용 플라스틱을 덜 주세요. 그럼 별 다섯 개 드릴게요.'

수박 헬멧

아빠가 어렸을 때는 말이다
수박 헬멧을 쓰고 무장공비를 토벌하곤 했단다
수박을 쓰고 수박 밭에 숨으면 감쪽같거든

제대로 만들려면 말이야
수박을 골고루 잘 퍼먹어야 해
너무 많이 먹으면
총에 맞기도 전에 구멍이 나요
너무 조금 먹으면 머리가 안 들어가고

그리고 참!
수박씨 버리지 마라
그거 총알이야

입에 넣고 쏘면 다 도망가

더러워서

별 보러 꿈나라로

애정하는 책 중 칼 세이건의 『코스모스』가 있다. 나는 무엇보다도 그가 우주를 바라보는 따뜻한 시선이 좋다. 우리는 작고 미미하지만 사랑할 수 있어 무한의 공간을 견딘다고 말한다. 그의 우주를 여행하고 있으면 내가 소중하다는 느낌이 든다. 나는 그를 통해 우주의 의도는 사랑이었고 그걸 실현하는 것이 우리와 같은 생명이라는 생각을 하게 되었다.

하지만!

이 책은 우주만큼 두껍다. 솔직히 처음부터 끝까지 읽어보지 못했다. 작정하고 읽다 보면 어느새 잠들어 버린다. 도대체 왜 700페이지가 넘는 분량을 한 권의 책으로 만든 걸까? 헌책방에서 이 책을 만났을 때, 밤하늘에 유성이라도 본 듯 행복했다. 그런데 요즘은 쳐다만 봐도 잠이 와서 침대 곁에 두고 있다. 푹신하고 두꺼워서 베개로 쓰기에 적당하다. 나는 어젯밤 '별들의 삶과 죽음'이라는 챕터에 이렇게 낙서했다.

'이제 별 보러 갑니다. 꿈나라로⋯.'

새벽 배송

나의 무심한 클릭에
칫솔 다섯 개가 새벽에 도착했다

쓰던 칫솔을 한 번 더 사용한다고
무슨 큰일이 나는 것도 아닌데

우리는 왜 이렇게 과하고 민망한 편리함에
익숙해진 걸까?

이러다 정말
세상 사람들의 절반은 택배를 나르고
절반은 택배를 받는 세상이 되려나

바이러스는 우리를 반반씩 나눠서 길들이고 있다
길고양이 집고양이처럼

너나 나나

얼마 전부터 토끼가 먹어야 할 건초를 우리 밖으로 내어놓는다 (나는 여덟 살이 된 노년의 토끼와 함께 살고 있다). 하나하나 입으로 건초를 물어 얇은 철망 사이로 내놓는다. 놀아달라는 건가 싶었다. 그래서 내놓은 건초를 하나씩 다시 넣어줬다. 전혀 좋아하지 않았다. 오히려 건초를 밀어 넣는 손을 할퀴려 들었다. 토끼는 투정을 부리는 중이었다. 건초 말고 촉촉하고 맛있는 음식을 달라는 것이었다. 어쩌다 한 번씩 주는 과일이나 상추가 먹고 싶었던 모양이다. 나는 냉장고에서 사과를 꺼내 반쪽을 넣어주었다.

소파에 앉아 사과를 맛있게 먹는 토끼를 보면서 어린 시절의 나를 떠올렸다. 나도 토끼 같은 행동을 한 적이 있었다. 생각은 나지 않지만 어머니로부터 전해 들었다. 가족들과 함께 먹는 밥상에서 반찬을 하나씩 내려놓으며 울었다고 한다. 내가 먹고 싶은 걸 달라며 숟가락을 붙잡고 서럽게 울었다고 한다. 몇 번의 실패를 경험하고 나서야 그런 행동을 하지 않았다고 했다. 잊고 있었던 그 이야기가 토끼 덕분에 생각났다.

그 후로 토끼는 내가 퇴근하고 돌아오면 기다렸다는 듯이 건초를 밀어냈다. 오죽 먹고 싶으면 이럴까? 토끼는 울지도 짖지도 못한다. 안쓰러운 마음에 매번 상추나 과일로 내어주었다.

어느 날이었다. 나는 별것도 아닌 일에 지쳐 소파에 널브러져 있었고 토끼는 열심히 건초를 밀어내고 있었다. 나는 한 손에 사과를 들고 멍하니 토끼를 바라봤다. 아등바등 애쓰는 모습이 안쓰럽기도 하고 토끼나 나나 사는 모습은 다 비슷하다는 생각도 들었다. 내가 끝내 사과를 주지 않자 토끼는 건초 밀어내기를 포기했다. 그리고 먹이통에 있는 건초를 먹었다. 한참을 먹더니 벌러덩 누워서 잤다. 체념한 듯한 표정이었다.

토끼도 알게 되었을까? 어린 시절의 나처럼? 나는 자고 있는 토끼 옆에 슬며시 사과를 밀어넣었다.

저는 바하 치다가 말았어요

나는 피아노 수업을 이수하지 못하면 졸업이 불가능한 대학교에 다녔다. 매우 초보적인 수준의 강좌였지만 피아노를 전혀 못 치는 나에게는 쉬운 일이 아니었다. F 학점을 한번 받고 안 되겠다 싶어 방학 동안 시골에서 레슨을 받았다.

낮의 학원에는 어린아이들로 가득했다. 내가 피아노를 치면 아이들이 우르르 몰려와 구경했다

"아저씨! 어른이 왜 어린이 바이엘을 배워요?"
"아저씨! 저는 그거 일곱 살 때 배웠는데"
"아저씨! 지금 계속 틀리는 거 아세요?"

어떤 아이는 너무 답답했는지 옆에 앉아 손가락을 위치를 가르

쳐 주기도 했다.

선생님은 나를 배려해 저녁으로 레슨을 옮겨주었지만, 아무도 없
는 밤의 학원에서 피아노를 치는 것은 생각보다 무서운 일이었다.

그렇게 방학 동안 아이들의 관심 속에서 어린이 바이엘 상上권
을 배웠다. 하下권은 조금 치다가 말았는데 방학이 끝나서 더는 배
울 수 없었다. 덕분에 나는 그해 가을 학기에 피아노 수업을 통과
했다. 그리고 피아노 레슨도 그렇게 끝이 났다. 그 후로 누군가 나
에게 피아노를 칠 줄 아느냐고 물으면 이렇게 대답한다.

'아주 옛날에 바하(바이엘 하권)를 조금 치다가 말았습니다.'

그런데 사람들은 그걸 바흐Bach로 알아듣는지
꽤 대단하다는 눈빛을 보인다.

퇴근길

눈이 온다
기다리던 첫눈이 온다.
퇴근이 기다려졌다

하지만 눈은 눈이 아니었다
눈을 가장한 비였다
나는 흠뻑 젖었다
눈을 피해 버스 정류장으로 갔다
기다리던 버스에 문이 열렸다
하지만 망설였다
그 속에 몸을 비집고 싶지 않았다

그래 걷자

비가 눈이 될 때까지 걷자

이런 날은 조금 느려도 좋다

출근이야 어쩔 수 없지만

퇴근이야 뭐, 내 맘이지 않은가

아파트 입구에 들어서자

서서히 비가 가벼워졌다

드디어 첫눈이었다

그래 가끔은 무리에서 벗어나자

그래 가끔은 속도에서 벗어나자

미용실에서 1

나 : 왜 저 강아지는 나만 보면 짖어요?

아줌마 : 자주 안 오시니까 짖죠!

아줌마 : 자주 오세요 그러니까 호호

나 : 한 달에 두 번이면 자주 아닌가?

아줌마 : 잠깐 있다 가서 그래요

아줌마 : 파마를 해보세요

아내 : 뭐야? 웬 파마?

나 : 개가 짖어서

미용실에서 2

아줌마 : 흰머리가 많은데 염색을 좀 하세요

나 : 귀찮아서 싫어요

나 : 한번 하면 계속해야 한다면서요

아줌마 : 그게 귀찮으면 매번 머리 손질은 어떻게 해요?

아줌마 : 에이 그러지 말고 해보세요. 십 년은 젊어 보일 텐데

나 : 10년? 혹시 40년 가능해요?

나 : 엄마한테 가서 재롱 좀 부리게요

아줌마 : ….

해바라기 앞에서

글을 읽다 보면
시를 읽다 보면
별다른 말도 아닌데
자꾸 입에서 맴도는 글귀가 있다

이런 일은 대게 휘발적인 것이라서
몇 시간 또는 몇 분 만에도 사라져 버린다
그래서 이런 문장은 옮겨놓는다
어디서든 볼 수 있도록 스마트폰에 적어놓는다
이따금 꺼내 손가락으로 쓰다듬으면
언젠가 다시 마음에 닿는다

그런데 말은 그러지 못하고 사라지기도 한다

대화 중에 스마트폰을 열고 적을 수가 없으니까
그런 잊힌 말들이 사진을 찍다가 기억이 나는 경우가 있다

어느 가을 시골길을 걷다가 나도 모르게 떠올랐다
기억하는 일은 기다리는 일과 닮았다고 했던 그 말
담장에 기대 쓰러진 해바라기를 보고 너의 말이 떠올랐다

그때도 지금처럼
우리 너무 반가워서 서로에게 살짝 쓰러졌던 거
이제 기억이 난다

막내딸! 꽃구경 갈까?

아버님!

아직도 모르시겠어요?

소녀가 꽃이옵니다

나가지 마시고 집에서 보시어요

그만 마시고 가자

너와 내가 중년의 상실감에 대해 논하는 것은
오래된 유리 문의 잃어버린 열쇠에 대해 말하는 것과 같다

당장 열쇠 수리공을 불러봐라
열쇠 꾸러미 대신 망치를 들고 올 거다
그리고 냅다 유리창을 깨고 문을 열어줄 거다

그때 누가 문을 열어 달라고 했소?
잃어버린 열쇠를 만들어주시오! 라고 말해봐야 소용이 없다

서로의 잔에 위로 같은 거 그만 부어주자
아무리 마셔도 허전하다
마음 한구석 어딘가에 뚫린 구멍만 확인할 뿐이다

Writer's Shaking

글을 쓰는 사람들에게 생기는 손떨림 현상? 정도로 해석이 가능하다. 정말 이런 단어가 있나 찾아봤지만 없다. 의사들끼리만 쓰는 용어인지도 모르겠다. 언젠가부터 유독 글을 쓸 때만 손이 떨린다. 별다른 치료법이 없다는 것을 알고는 있었지만 혹시나 하는 기대에 병원을 찾았다. 요즘은 병원을 들락거리는 것이 싫지 않다. 어디가 이상하다 싶으면 병원을 찾는다. 나이가 들면 마트에 다니듯 병원 쇼핑을 한다더니 나도 서서히 시작된 모양이다. 의사는 나에게 몇 가지의 문진과 신경 검사를 했다. 아무런 문제는 없단다. 하지만 손에 감각이 예민한 것 같으니 약을 먹어보자고 했다. 그리고 제법 많은 양의 약을 처방해줬다. 약은 효과적이었다. 다만, 먹으면 손뿐만 아니라 모든 신체기관이 나른해진다. 이걸 먹고 운전이라도 했다가는 만나는 모든 휴게소마다 들려서 한숨 자고 가야 할 것이다. 모든 일에 긴장감이 없다고 할까? 손에 감각이 예민해지는 것을 막기 위해 전체적인 감각을 둔하게 만드는 것 같았다. 약을 먹는 몇 주일 동안 나른하게 살았다. 신경이 둔해지니 삶도 둔해졌다. 의사 말로는 부작용이 없는 약이니까 평생 먹어도 무방하단다. 괜찮은 약인 것 같았다. 하지만 나는 정중히 거절했다. 이렇게 나른하게 살고 싶지는 않다. 혼자 조용히 끄적거리는 글은 손글씨도 크게 불편하지 않다. 지난번 출판 기념회에서처럼 누군가 내가 쓰는 글을 집중해서 바라보지만 않으면 괜찮다. 아직도 그때 생각하면 떨린다. '작가님 책 잘 읽었습니다. 여기에 쓰시고 싶은 글귀를 아무거나 써주세요.' 이런 말을 들으면 내 오른손은 이미 바들바들 떤다. 식은땀을 줄줄 흘린다. 나의 의지와 상관없이 초긴장 상태가 되어버린다.

저자주 : Writer's Shaking은 좋은 글감이 떠올랐을 때의 설렘? 정도로 해석하고 싶다. 그때도 뭔가 떨리니까. 콩닥콩닥!

시집이 도망갔다

시집을 잃어버렸다

병원 대기실 어딘가에 놓고 왔을 텐데 전화를 해도 모른단다

시집은 주문하면 또 오겠지만 안에 든 책갈피가 아쉽다

언젠가 아이에게 받은 예쁜 꽃이었다

난 그걸 잃어버릴까 봐

코팅을 하고 가위로 오려서 책갈피로 썼다.

책갈피는 아주 오랫동안 나의 책들과 함께 했다.

잃어버린 시집은 상처가 있었다

유난히도 아리고 차가웠다

자기에게만 겨울이 길다며 투정을 부렸다

그래서 그랬나 보다

내 책갈피가 필요했나 보다

어느 날 자기 속에 들어온 봄을 빼앗길까 봐

내 책갈피를 데리고 도망을 갔나 보다

나를 좀 쉬게 해줘

내 블로그에는 '독백'이란 카테고리가 있다. 마음과 감정의 휴지통 같은 곳이다. 훌훌 털어버리고 싶은 것들을 쓴다. 자유롭게 쓴다. 아무도 읽지 않을 글을 쓰는 것은 흥미로운 일이다. 소재도 형식도 구애를 받지 않는다. 하고 싶은 말을 실컷 지껄이다가 언제든 그만하고 싶으면 컴퓨터를 끈다. 최근에 알게 된 사실은 이런 자유로운 글쓰기가 어린 시절 주일학교에서 했던 기도와 비슷하다는 점이다. 기도는 부족한 자아를 독립적으로 바라보게 하는 기능이 있다. 글쓰기 역시 설명하기 힘든 스스로의 마음을 객관적으로 서술하게 한다. 그런 면에서 기도와 매우 닮았다.

글이 잘 쓰이는 날에는 독백 카테고리에 쓴 글이 완성되어 저장되기도 한다. 그걸 나중에 다시 읽어보면 색다른 기분이 든다. 글 속에서 말하는 사람이 마치 내가 아닌 것처럼 느껴진다. 나는 이

카테고리에 글을 쓸 때 버릇처럼 시작하는 문구가 있다. 내가 나에게 하는 정중한 부탁이다.

야 너! 내 허물아
야 너! 내 욕망아

내가 글을 쓰는 동안
잠시 내 밖으로 나가 있어라

부탁한다
나 좀 쉬게 해줘라

둥그란 숲

차를 좁은 산길로 몰았다. 이런 길은 차를 돌릴 방도가 없어 긴 후진을 하기도 하지만 대체로 나는 별다른 고민 없이 진입한다. 모르는 길이 주는 불확실성은 여행의 묘미다. 가끔씩 색다른 장면을 만나기 때문이다. 너무 대중적인 길은 변수가 없어 재미가 덜하다. 길이 끝나는 곳에는 다행히 차를 돌릴 수 있는 충분한 공간이 있었다. 둥그런 풀밭 주위로는 밤나무와 참나무가 높게 자라 있었다. 주변은 완벽히 조용해서 새소리와 바람 소리 외에는 아무것도 들리지 않았다. 나는 마치 비밀의 공간이라도 발견한 것처럼 행복했다. 운전석을 엉덩이 방향으로 최대한 밀어내고 선루프를 열었다. 슬머시 눈을 감았다. 자동차에 놀란 풀벌레들이 다시 울기 시작했다. 그 옛날 저녁이 되면 마당에서 들려오던 소리들이었다. 그러다 눈을 뜨면 나뭇잎으로 만들어진 둥그란 하늘이 보였다. 행복했다.

퇴근하려고 운전대를 잡으면 문득, 그 동그란 숲이 생각난다. 어떤 날은 너무 간절해서 당장이라도 숲으로 달려가고 싶어진다. 그럼 나는 시동을 걸지도 못한 채 한동안 차에서 누워 있곤 한다. 그렇게 차에서 조용히 눈을 감고 있으면 불특정한 그리움들이 나를 찾아온다. 고3 시절 기숙사의 흐릿한 창가가 생각나기도 하고 막막했던 훈련소의 첫날밤이 생각나기도 한다. 잠 못 이루던 산사山寺의 차가운 방이 생각나기도 하고 미얀마 산속 마을의 낡고 허름한 게스트하우스가 떠오르기도 한다.

나는 지금도 달려가고 싶다
키보드에서 손을 떼고 지금이라도 당장
그 동그란 숲으로 달려가고 싶다

친구의 첫사랑

일 년에 두 번 만나는 친구가 있다
추석 때 만나면 여름 한 철 잘 보냈느냐고 인사하고
설에 만나면 또 한 살 늙었구나 하면서 위로한다

소주 몇 잔에 얼큰해지면 꼭 가는 곳이 있다
이 녀석 중학교 시절의 첫사랑이었던 효선이네 집 앞이다
우리는 어둑하니 가로등도 없는 빈 마당에서 캔맥주를 마신다

효선이가 얼마나 예뻤는지
효선이를 처음 만난 순간 어땠는지
효선이에게 처음 받은 선물은 무엇인지

수십 번도 더 들은 이야기들이다

하지만 나는 녀석의 반짝이는 눈과 흥분된 목소리가 좋아서 매번
즐겁게 들어준다
그러다 군 복무 말엽에 효선이가 다른 남자랑 결혼하면서 드라마
는 끝이 난다
그리고 술자리도 끝이 난다

가끔 나는 궁금하다
마흔을 훌쩍 넘긴 그 효선이는 기억하고 있을까?
명절 전날 친정집 앞마당에서 추억에 잠기는 내 친구를….

딸바보 기사님이 배정되었습니다

엊그제 만난 대리운전기사님은
묻지도 않은 이야기를 술술 잘도 한다
자기 나이를 말해주고
하루 수입을 말해주고
막내딸에 대해서도 말해준다

"늦둥이 키우시느라 은퇴를 못 하시는군요?"
라는 나의 말에 꼭 그런 것만은 아니라며
이 일의 좋은 점을 늘어놓는다

첫째는 술을 끊게 돼서 좋다고 했고
둘째는 돈을 버니 마누라가 덜 무시한다고 했다
셋째는 뭐라고 했는데 기억이 안 난다

무엇보다도 막내딸을 댄스 학원에 보낼 수 있어서 좋다고 한다
그리고 한동안 막내딸 자랑을 늘어놓았다
공부도 잘하고 키도 크고 예쁘단다
아이돌 가수가 되는 것이 꿈이라고 했다
며칠 전에는 길거리 캐스팅이 되었는데 아직 고민 중이라고 했다

나는 뒷자리에서 그의 어둑한 실루엣만 볼 수 있었지만
들썩이는 어깨와 흥분된 말의 톤으로 보아 그는 분명히 행복했다
내가 봤던 어떤 사람보다도 행복해 보였다

기억나지 않았던 대리운전의 마지막 좋은 점 이제 알겠다
딸 자랑을 실컷 할 수 있다는 것이다
그는 매번 새로운 사람에게 신나게 딸 자랑을 할 수 있다

그가 밤새도록 운전을 할 수 있는 것은
하루에도 몇 번씩 딸자랑을 할 수 있기 때문이다

마이 프레셔스!

얼마 전 저녁에 가족들과 연어를 먹다가 문득 지난 꿈이 떠올랐다. 구체적인 내용은 기억나지 않지만 나는 꿈속에서 연어를 먹고 있었다(아마 그날 저녁에도 연어를 먹고 잠이 들었던 것 같다). 특이하게도 커다란 연어 살을 손으로 들고 뜯어 먹고 있었다. 이런 나에게 놀라 먹던 연어를 던져버렸는데 바닥에 떨어지며 살아 있는 연어로 변했다. 주위는 낮고 물살이 센 강가였다. 순간 나는 내가 곰이라는 생각이 들었다. 곰인 나를 직접 보지는 못했다.

나는 이 꿈을 식사 중에 가족들에게 말했다. 반응이 제각각이었다. 큰 딸은 곰이 아니라 스미골이 아니었냐고 물었다. (스미골은 영화 '반지의 제왕'에 나오는 괴물이다. 생선을 날로 먹는 장면이 나온다.) 하긴 내 체형은 곰보다는 스미골에 가깝다. 썩 달갑지는 않지만, '마이 프레셔스' 하고 스미골 흉내를 내주었다. 아내는 오늘은 연어를

200백 마리 정도 잡는 꿈을 꾸라면서 꿈에서 고생을 할 테니 실컷 먹어 두라고 했다. 막내딸은 차라리 귀여운 강아지로 변하는 게 어떻겠냐며 개꿈을 권장했다.

며칠 후 어머니와 통화를 하다가 꿈 이야기를 해드렸다. 그리고 가족들의 이야기도 해드렸다. 어머니를 웃겨드릴 작정으로 꺼낸 이야기였다. 하지만 어머니는 진지했다. 그건 태몽이라는 것이다. 그리고 혹시 연어를 다시 주웠느냐고 물으셨다. 모른다고 했다. 어머니는 꿈에서도 손에 쥔 걸 함부로 버리지 말라고 하셨다. 나는 어머니께 다시 꿈을 꾸게 된다면 200마리 정도 잡을 생각이라고 말씀드렸다. 어머니는 아직도 나에게 아들이 있었으면 하신다. 둘째 딸을 낳고 더는 아이를 낳지 않겠다고 했을 때의 어머니 표정을 잊을 수 없다.

"어머니! 딸들이 얼마나 예쁜데요."
"꽃보다 예쁜 어머니의 두 손녀, 반지의 제왕의 반지보다 귀한 두 딸! 건강하게 잘 키우겠습니다."

"마이 프레셔스!"

헌책방

저녁 약속이 예상보다 일찍 끝난 날이었다. 왠지 곧장 집으로 들어가고 싶지 않았다. 일부러 지하철을 한 정거장 먼저 내렸다. 평소 다니던 길을 벗어나 좁은 골목으로 걸었다. 그러다 책방 하나를 발견했다. 이 동네에 몇 년을 살았는데 책방이 있는 것은 처음 알았다. 나는 책들 사이로 난 좁은 계단을 따라 지하로 내려갔다. 오랫동안 햇빛을 못 본 책들이 꿉꿉한 냄새를 풍기고 있었다. 보물찾기를 하듯 책들 사이를 두리번거리며 걸었다. 그러다 뭔가 눈에 띄면 쪼그리고 앉아서 구경했다. 가방에 넣고 다녀도 무겁지 않을 책을 한 권을 사고 싶었다. 보통의 서점이라면 구경만 하고 그냥 나와도 상관없겠지만 이런 작은 책방은 조금 미안하다. 그래서 낡은 시집 하나를 들고 나왔다. 그리고 몇 주가 지났다.

특별히 읽을 것이 없는 저녁이었다. 나는 헌책방에서 산 시집을 꺼냈다. 여러 시인이 등장하는 시집이었다. 어떤 시는 반가워하고 어떤 시는 어려워하며 한 권의 시집을 다 읽었다. 나는 시집을 덮을 때마다 조금 미안한 생각이 든다. 시 한 편을 쓰느라 시인은 정말 많은 시간을 보냈을 텐데, 나는 무례하게도 너무 쉽게 읽어버린다. 담지 못하고 쳐다만 보는 것 같아 아쉽다. 하지만 이 시집은 쉽게 끝나지 않았다. 나름의 재밌는 엔딩이 있었다. 맨 끝 장, 시가 모두 끝난 마지막 뒷장에 꽃잎 한 장이 붙어 있었다. 그리고 밑에는 노천명의 시구가 필사되어 있었다.

"내 가슴속에도 들장미 하나 피워…."

내 가슴속에도 들장미 피워달라며 장미 꽃잎 한 장을 화석처럼 새겨놓았다. 가슴이 두근거렸다. '심쿵'이라는 표현은 정말 이럴 때 쓰는 게 아닐까? 말라버린 꽃잎 주위로 옅은 붉은색이 번져 있었다. 시가 독자의 감각이나 감정에 호소하고 상상력을 자극하여 감명을 주는 것을 목적으로 한다면 마지막 시구와 꽃잎도 역시 나에게는 한 편의 시였다. 나는 시집을 덮고 필체의 주인을 상상했다. 그녀의 사랑과 회환의 시간을 상상했다. 에디트 피아프의 노래와 한 잔의 와인이 필요한 밤이었다.

따뜻한 콜드브루 주세요

냉정하면서도
다정하고 싶을 때가 있다

깔끔하게 정리하면서도
상처 주고 싶지 않을 때가 있듯이

"따뜻한 콜드브루 주세요"

그런 건 원래 없다고요?
그래도 만들어주시면 안 되나요?

나의 이런 주문에도

아무 말 없이 커피를 내어주는 곳이 있다면

평생 그 카페만 가야지

노안 老眼

대기실에 앉아 눈을 감고 있었다. 산동액을 넣으면 동공이 확장되어 눈으로 들어오는 빛을 감당하기가 어렵다. 눈을 감고 있으면 주변의 소리가 더 잘 들린다. 뒷자리에서 아주머니 두 분이 소곤대는 이야기가 흥미롭다. 백내장과 노안교정술에 대한 이야기를 하고 계셨다. 한 분은 백내장 수술만 받은 분이고 다른 한 분은 백내장 수술과 노안교정술을 함께 받은 분이었다. 두 분은 세상이 밝아졌다며 흡족해하셨다. 하지만 노안교정술에 대한 생각은 조금 달랐다. 한 분은 안경에서 해방된 것을 가장 큰 장점으로 뽑았다. 책을 볼 때도 돋보기가 필요 없고, 마스크를 써도 습기가 차지 않아 정말 좋다고 했다. 귀가 솔깃했다. 그런데 다른 한 분은 그런 말을 듣고도 회의적이었다. 그분은 노안을 병이라고 생각하지 않는다고 했다. 몸이 늙어 눈도 늙는 건데 그걸 어찌 막을 수 있냐는 것이다. 안경의 도움에 만족해야지 더 욕심부리면 안 된다고 했다. 그녀의 말도 일리가 있었다.

진료시간에 선생님께 노안에 대한 질문을 드렸다. 선생님은 나에게 안경이 많이 불편하냐고 물으셨다. 아니라고 말씀드렸다. 혹시 돋보기를 사용하느냐고 물으셨다. 역시 그 정도는 아니라고 말씀드렸다. 선생님은 웃으며 말씀하셨다.

"치료가 필요하지 않고 환자가 불편하지 않은 것을 병이라고 하지 않습니다."

돌아오는 버스에서 생각했다.
수정체는 내게 말을 걸고 있는 것이다
스마트폰 그만 보고 창밖을 보라고
모니터만 보지 말고 산과 들을 보라고

"이제 너무 가까운 것에는 초점을 맞춰 드리지 않겠습니다."
"멀리 보세요."
"느긋하게 여유를 갖고 먼 세상을 보세요."

너무 미안해 말자

어제 주차장에 차를 대고
왠지 내리기 싫어
잠시 눈을 감고 있는데
네 생각이 나더라

부모님은 어떠신지
애들은 잘 크는지
하긴 무소식이 희소식이겠지
다들 건강하겠지

그래 우리 굳이 만날 일은 없지만
이렇게 생각은 해주자

사랑했던 것들에게서 조금씩 멀어지는 느낌

그걸 아쉬워하고 그리워하는 시간들

그런 게 사는 거겠지

너도 그렇게 살고 있겠지

친구야 잘 살자

우리 소식 뜸해도

너무 미안해 말자

동그랗게 걷지만, 돌아올 수 없는 길

초판 1쇄 발행 2022년 7월 15일

지은이 | 최필조
발행인 | 손선경
기　획 | 김형석
펴낸곳 | 모루북스

디자인 | 한희정
일러스트 | 유은주

출판등록 | 2020년 3월 17일 제25100-2020-000019호
주　소 | 서울 중구 남대문로 9길 24 패스트파이브 타워 1026-3호
전　화 | 02) 3494-2945
팩　스 | 02) 6229-2945
ISBN 979-11-970019-8-7 (03810)

모루북스는 독자 여러분의 소중한 출판 관련 아이디어와 투고를 기다립니다.
moroo_publisher@naver.com

투칸테인 사원으로 가는 길

무이네 사구(砂丘)의 일몰